JN147815
あまい独り占め
amai hitorijime *
yuyu aoi
presents
息が唇に触れた。
突き飛ばすはずの晶真の両手は勝手にぎゅっと丸まって、
貴裕のシャツを握りしめた。

あまい独《ひと》り占《じ》め

葵居《あおい》ゆゆ

ILLUSTRATION：陵《みささぎ》クミコ

あまい独り占め

LYNX ROMANCE

CONTENTS

あまい独り占め

なにごとも、最初の一歩が肝心だ、と弥坂晶真《やさかしょうま》は思う。

面倒な宿題を片付けるときも、ノートさえ広げてしまえばあとはなんとかこなせたように、最初のきっかけが大事なのだ。真っ暗なお化け屋敷に入るときも、嫌いなニンジンを食べるときも、最初が肝心。

特に今みたいなときは。

（いつもどおり、で大丈夫なんだから）

そう自分に言い聞かせながら、晶真は大学の門の前で深呼吸して、構内に踏み入った。

ここには晶真ではなく、弟の貴裕《たかひろ》が通っている。週に一回のペースで、晶真は貴裕の所属するテニスサークルの部室まで訪ねていく。訪ねていくと貴裕には嫌な顔をされるのだが、それでもわざわざ来るのには理由があった。

建前上は、可愛《かわい》い大事な弟が心配だから。

本音は、貴裕が自分の知らない場所にいるのが不安だから。

それから、もし訪ねていくのをやめたら――「過保護なお兄ちゃん」をやめてしまったら、貴裕との最後の接点すらなくなってしまうと思うからだ。

褒《ほ》められた行動でないのはよくわかっていた。でも、わかっていてもやめるほうが怖いのだ。

すっかり見慣れた構内を眺《なが》めながら部室の並ぶサークル棟に向かい、目的のドアをノックすると、「はーい」と元気な女の子の声がした。晶真はいつもどおりの明るい表情を意識して、「こんにちはー」

とドアを開ける。

「どうもー弥坂さん家のお兄ちゃんです！」

「晶真さんだ、いらっしゃい」

「やだ、今日の服も可愛い～」

顔なじみの女の子が二人、笑顔で迎えてくれて、晶真はにっこりしてみせた。

「今日のコーデは炭酸飲料で～す」

「水玉可愛い！　Tシャツの色も綺麗《きれい》だし、普通男子はそんなの似合わないよ」

「ねー、バッグも赤だしさ。髪型も変えた？」

「そんなことないよ、着たら意外と似合うもんだよー。髪は昨日染め直したばっかなんだ」

かるく立たせた金髪の頭を傾《かたむ》け、自作のパーカーの裾《すそ》は右手で持ってぴらりと広げてみせて、晶真は笑ったまま奥で仏頂面をしている自分の弟を見た。

「どう？　貴裕から見て今日の兄ちゃんは何点かなー？」

「――点数なんてつけられないよ」

おどけた晶真の声を台なしにする冷《さ》めた声で貴裕は言って、顔を背けてしまう。不機嫌な横顔に喉の奥がきゅっとなって、晶真はそれを気取られないよう「ひどーい」と笑った。

「最近貴裕は冷たいよな。ちっちゃい頃《ころ》は兄ちゃん、兄ちゃんってなついてたのに」

「晶真さんそれ前も聞いたよ。貴裕くんが怖がりだったって話も聞いたし」

「そうだよ、ちょー可愛い弟だったんだよ！　今はかっこいい弟だけど！　というわけだからさ貴裕、今日買いものつきあってよ」

「やだよ」

間髪いれずに貴裕は応《こた》えて、それから思い直したようにつけ加えた。

「あんた、今日バイトじゃなかった？」

「うんバイトだよ、だからその前にちょっとだけ。慌《あわ》ただしくて他の子は誘えないから、貴裕と行こうかと思って。あと、あんたって言うなよ兄ちゃんと呼べ」

「晶真さん、あたしたち行こっか？」

不機嫌な貴裕をフォローするように、女の子たちが手を上げてくれた。晶真は急いで手を振った。

「や、いいよ、今日はほんと急だし。せっかくエリちゃんたちと出かけるなら、もっと時間があるときにする」

「晶真さん優しーい」

「じゃあ今度行こうよ、あたし晶真さんと一緒に服見たいな」

「ほんと？　俺も女の子の服見るの大好きだから、いつでもいいよ。勉強にもなるし助かる！　来週とかどう？　空《あ》いてる日——」

「行けばいいんだろ」

デザイナーになるべく修行中の晶真にとって、服を買いに女の子と出かけられるのは本当に助かる。

携帯を取り出しながら晶真が女の子たちのほうに身体ごと向き直ったところで、貴裕が音をたてて立ち上がった。一瞬静まり返った中、貴裕だけが動いて自分のバッグを取り上げる。

「今日はつきあうから、人のサークルまで来てナンパするのやめてよ、兄ちゃん」

わざとらしい口調で言って、貴裕は部室を出ていく。大好きなはずの「兄ちゃん」という呼び方の皮肉げな口調にざっくり傷ついて、それでも晶真は笑って女の子たちに手を振った。

「怒られちゃった。今度、貴裕に内緒で出かけようね」

「うん、内緒ね」

「晶真さんバイバイ」

手を振り返してくれた彼女たちにもう一度笑みを向けて、晶真は貴裕を追いかけた。

不機嫌そうだったから、もうだいぶ先まで行ってしまったかと思ったのだが、貴裕はサークル棟の終わるあたりで待っていてくれた。ほっとして駆け寄ると、貴裕は晶真を一瞥《いちべつ》して歩き出す。

並ぶと、背はさほど変わらない。ぎりぎり百七十に届かない晶真より、貴裕のほうが五センチほど高い程度だ。肉感的な唇がきりりと引き結ばれていて、自分よりずっと大人っぽい、硬質な色気の滲《にじ》む『弟』の横顔を、晶真はそっと見上げた。

晶真と貴裕で、かろうじて差がないのは身長と歳だけだった。

四月九日生まれの晶真と三月九日生まれの貴裕は、ぴったり十一ヶ月違いの兄弟なのだが、血はつながっていない。並んでいても兄弟には見えないだろう、と晶真は思う。十年以上一緒に暮らしているというのに、似たところはほとんどなかった。

服の色使いが派手で頭も金髪、いかにもかるそうな晶真の見た目に対して、貴裕は髪も黒いし服の色味もごく地味だ。晶真は初対面の相手ともいくらでも喋《しゃべ》れるし、性格も明るいと自覚しているが、貴裕は基本的に無口で、広く浅くつきあうよりも少ない友人を大事にする。

顔立ちも身体つきも違う。子供っぽく目の大きい晶真とは逆に、貴裕は涼しげな切れ長の目で大人っぽい。晶真は手足が細くて頼りない身体つきだが、貴裕は綺麗に筋肉がついている。

あの日、思った以上に広く見えた背中や浴衣《ゆかた》から覗《のぞ》いていたうなじを思い出して、晶真はつい口元を押さえた。顔が赤くなる。

(やば……緊張してきちゃった)

手を伸ばせば触れられるところに貴裕がいることを意識して、どきどきしてくる。大学まで押しかけてくるものの、いざ二人きりになるといつもこうなってしまうのだ。

本当に馬鹿なことをしている、と晶真は内心自嘲《じちょう》した。普通、どんなに仲がいい兄弟だって、こんなに頻繁《ひんぱん》に大学まで押しかけたりはしない。でもやめられなくて、そのくせ、二人きりはいたたまれない。

「買いものって、どこで?」

赤い顔に気づかれたくなくて晶真がさりげなく一歩距離を置こうとすると、貴裕がやっと口をきいた。晶真は横の植え込みに気を取られた素振りで顔を背《そむ》ける。

「家電量販店的なとこ」

「家電？　なに買うの？」

「ホームベーカリーなんかどうかなと思って。ほら、もうすぐ母さんの誕生日だからさ」

そう答えると、貴裕がむっとしたように黙るのがわかった。晶真は急いで笑ってみせる。

「あっ、もしかしてもう、貴裕はプレゼント買っちゃってた？　一緒に買ったら割り勘にできると思ったんだけど、貴裕がもう買ってたり、あげるもの決めてるならいいよ、俺一人で買うから。母さんがいいなって言ってた機種もなんとなく覚えてるし、よく考えたらそんな大きいもんでもないから一人でも持って帰れるし」

「……いいよ。一緒に行く」

貴裕が溜《た》め息をつき、晶真は苦しくなって俯《うつむ》いた。長めに伸ばした前髪をひっぱって、歪《ゆが》みそうな顔が少しでも隠れたらいいと思う。

「ごめんな、急に誘って。予定とかあったなら、そっち行っていいよ」

言った途端、またあからさまに不機嫌な溜め息をつかれた。

「なんでそうなの？」

「そう、って？」

「二人きりになるといづらそうにするくせに、なんでわざわざ俺のこと誘うの、あんたは」

静かに聞いてくる貴裕の声は低い。苛《いら》つかれるのも当然だと、晶真は自己嫌悪混じりに思う。

高校生のときに最後の喧嘩《けんか》をして以来、貴裕は明らかに晶真によそよそしくなった。「兄ちゃん」と呼ばずに「あんた」と呼んでみたり、不機嫌な表情を見せたり。それが晶真には寂しかったが、一方で、あの最後の喧嘩の原因は自分が貴裕を好きだと気づいてぎくしゃくしてしまい、貴裕に嫌な思いをさせたからだとわかっているから、責めることもできない。

実の兄弟でなくとも、兄弟同然に幼い頃から過ごしてきた相手に、異性のような気持ち――触れたい、とか、触れられたい、だなんて思われていると知られてしまったら、貴裕には迷惑に違いなかった。だからあの日のことは、うまく謝れないままになってしまった。

できることといえば、貴裕の不機嫌など気にしていないように振る舞うことくらいで、今日も晶真は「ごめんって」と明るく笑った。わざとらしいくらい明るく、軽やかに。

「荷物持ちがいるかなーって思ったんだもん。そんなのおまえにじゃなきゃ頼めないじゃん」

ちゃかすように言って、晶真はどきどきしながら一回だけ貴裕の背中を叩いた。

てのひらがびりびりした。

シャツごしの、ほんのりしたあたたかさで目眩《めまい》がしそうだ。

(ごめんね貴裕)

並んで歩くだけでどきどきするような変態で申し訳ないと思う。

でも、好きだから一日でも顔が見たくなる。離れていると気になって、会いたい、と思う。最近は家でもめったに顔をあわせないから、今日のように大学まで押しかけて、けれど迷惑そうな態度を取られれば傷つく。鬱陶《うっとう》しく思われていると知っていても、今さら「適度な距離」なんてわからない。一度萎縮《いしゅく》して距離をおいたら今よりもぎくしゃくして、兄弟としてすら傍《そば》にいられなくなるだろう。それだけは、嫌だった。

近くにいたくて、そっと近づいては、貴裕の不機嫌な拒絶でまた跳ね返されて、毎日のように傷ついて、でもやめられないなんて、自分でも変だと思うし、未練たらしくて情けない。すぱっと諦《あきら》めてしまうべきだと、心のどこかでわかってはいる。

細い糸の上で綱渡りしているみたいだった。いつ切れてしまうだろうと怯《おび》えながら、歩くのをやめられない綱渡り。

押し黙った貴裕の横顔を気づかれないよう盗み見て、晶真はまた前髪をひっぱった。

(ほんとじゃないけど兄弟で、ずっと一緒で、男同士なのに、俺さ。……おまえのこと、好き、なんだよ)

決して口に出せない告白は、胸の中でいつまでもくすぶって、痛い。

貴裕が弟になった日のことを、晶真はよく覚えている。

そこだけ焼きついたようにくっきりした記憶で、じっと両親と貴裕が帰ってくるのを待つあいだに聞いていた冷蔵庫の音も、門扉《もんぴ》がきしむ音も、玄関がもう暗くて埃《ほこり》っぽいにおいがしたことも、鮮明に思い出せた。

開いたドアから斜めに外灯の明かりがさして、母と手をつないだ貴裕と、「ただいま晶真。ケーキ買ってきたよ」と言った父のやわらかい声。

それに応えるのももどかしく貴裕に手を伸ばして、腕を摑《つか》んだときにひどくほっとしたこと。「おかえり貴裕」と笑いながらなんだかちょっと泣きたかったことも、貴裕がじっと黙ったきりだったことも、それでも手を引けばおとなしくついてきて「晶真」と呼んでくれて、迷った挙げ句に「ただいま」とつけ加えられた声が少し震えていたことも、綺麗に全部覚えている。

嬉《うれ》しかった。顔見知りのおじさんとおばさんが亡くなったことは悲しくてつらいことだとわかっていたけれど、それよりも、貴裕とずっと一緒にいられること、そうなれるように両親が決断してくれたことが、嬉しくて、そうして誇らしかった。

貴裕は「隣の家に住む一番仲のいい友達」だったが、貴裕の親は出張が多くて、以前から晶真の家で預かることも多かった。だから、晶真も貴裕も一緒に生活することには慣れていたのだが、それはあくまでも、仲のいい友達としてのことだった。

親を事故で亡くした貴裕が、晶真の「弟」として両親に連れられて帰ってきたその日からしばらくは、晶真もちょっと緊張していた。貴裕も見るからに緊張していて、最初の喧嘩をしたのはその頃のことだ。

『晶真と兄弟になんかなりたくなかったよ！』

早くいつもどおりになってほしいとあれこれ世話を焼いた晶真に、貴裕はそう叫んで、その激しさに晶真はしばらく動けなかった。ショックだったのだ。今思えば、貴裕は実の両親を亡くしたのだから「いつもどおり」なんて無理だとわかるのだが、当時はただ「嫌われた」と感じてしまってショックだった。

自分は貴裕が弟になって嬉しかったのに、貴裕は違うのだと思うと悲しくて、晶真は泣いた。泣いたら貴裕のほうが驚いて、「ごめん」と謝って、泣きやむまで手を握っていてくれた。謝るべきなのは晶真のほうだったのに、貴裕はずっとそんなふうに優しい「弟」なのだ。

——自分も、「兄」でいられたらよかった。

できるだけ最高の「兄」でいようと、晶真なりにずっと努力してきたのだけれど。

懐かしいことを思い出しながら、晶真はレジで梱包された商品を、貴裕が当たり前のように受け取るのを眺めた。

「……重い？　それ」

「重くはないけど、荷物持ちは俺なんだろ」

貴裕はつまらなそうに言ってから、晶真を一瞥してまた視線を逸らす。きりりとした、大人びた横顔と、素っ気ない声。

「あんたが持ってたらぶつけそうだし」

「あんたって言うなよ、兄ちゃんだぞ。——でも、ありがと」

晶真はいつものように呼び方をたしなめて、でも内心は感激していた。

(やっぱり優しいよなあ貴裕は。いや、わかってるけどさ。俺のことじゃなくて、母さんのプレゼントが大事なだけだろうけど)

この年齢の男子にしては珍しいのだろうが、晶真も貴裕も両親が好きだ。貴裕は恩を感じてのことだろうけれど、素敵な弟ができたのは両親が貴裕を引き取ってくれたおかげだから、晶真も二人が大好きだった。

「すんなり買えたからちょっと時間余ったな。貴裕、コーヒー奢《おご》ってあげる」

腕時計を見ながら晶真がそう言うと、貴裕は首を振った。

「いいよ、無理しなくて」

「無理ってなんだよ、これでもバイト代けっこう稼いでるんだぞ」

「……そういうことじゃないんだけど」

貴裕は居心地悪そうに空いた手で口元を覆う。

「でも——まあ、兄ちゃんが飲みたいなら、つきあうよ」

「おー、つきあえつきあえ」

断られて駄目もとだと思っていたのに、予想以上にいい返事がもらえて、晶真は呆気《あっけ》なく嬉しくなった。

量販店の四階にあるコーヒーショップに入り、晶真はアイスコーヒーを、貴裕はホットのカフェオレを頼んで、小さな四角いテーブルに向かいあわせに座った。

黙ったままカフェオレを飲む貴裕は、カップを持つ手のかたちも、かるく俯いたポーズもかっこよかった。つんと尖った黒い鉱石みたいな綺麗さがあって、晶真は思わず見とれた。こんなふうに向かいあわせの至近距離に座るのはいつ以来だろう。

「こうやって出かけるの、久しぶりだよな」

嬉しくてつい笑みくずれそうになりながらストローをくわえ、視線を上げた貴裕と目があいそうになって、慌てて横を向く。にやけていた、なんてバレたらまた機嫌を損ねてしまう。

「去年は俺もバイトとか服の勉強とかでいっぱいいっぱいだったし、貴裕も大学入ったばっかりだったしね。ていうか、貴裕が受験の頃から、あんま出かけたりはできなかったよな。その前は、えっと、部活があったたし」

貴裕が見ている、と思うとどきどきして、晶真は早口でほとんど意味のないことを喋り、自分でもなにを言いたいのかよくわからなくなって口をつぐんだ。

貴裕はなにも言わないから、離れた席で仕事の電話をしている声がやたら聞こえてくる。気まずくなって、晶真はべつの話題を探した。

「そうだ、今ジャケット作っててさ。縫製もよくなったって店長に褒められたし、デザインはつめかねてるけど、次のイベントには間にあわせるつもりなんだ。そのうち貴裕の服も、上から下まで一揃《そろ》い俺が作ったげる」

「――やだよ。どうせ全身で七色とか、そういうのにするだろ、兄ちゃんは」

ぼそっとだが応えがあって、晶真はほっとして笑った。

「そんなこと言うなよ。貴裕の着るものが地味すぎるんだってば。だいたい黒ばっかじゃん。似合ってると思うけどもったいないよ」

「もったいなくはない。兄ちゃんが極彩色で俺まで極彩色だったら、並んで歩くとき悪目立ちするだけだ」

「そうかなあ、楽しいと思うけど。小学校の頃はよくお揃い着てたじゃん。俺あれけっこう楽しかったよ、いかにも兄弟って感じでさ」

ちゅー、とコーヒーを啜《すす》って晶真が笑うと、貴裕は憮然《ぶぜん》とした表情になった。

「あんたは鈍感なの、それともわざと？」

「えっ？」

「俺、あんたのそういうとこ嫌い」

ふいっと顔を背けられ、心臓のあたりがひやりとした。

（……なんでだよ。けっこう楽しく、話してたじゃん）

今のやりとりのどこに不機嫌になる要素があったのか、晶真にはわからない。晶真はもともと他人の気分を読むのが得意だったし、まして子供の頃から一緒の貴裕がなにをどう感じているかは、自分

のことのようにわかった。少なくとも前は、よくわかったのだ。

なのに、今はわからない。

よかれと思って口にしたことで不機嫌になられると、最初から不機嫌になるとわかっているときよりずっと堪《こた》える。

かり、とストローを噛《か》むと、貴裕が長い溜め息をついた。

「ごめん」

相変わらず低い声でそう言って、それから口調が少しやわらいだ。

「今のは、俺がちょっと言いすぎた」

「……いいよ。べつに、気にしてない」

「バイト先まで送っていくよ。店に着くまでのあいだにプレゼント壊されても困るし、兄ちゃんが嫌じゃなかったら」

「嫌とかじゃ、ないけど」

貴裕といる時間が長くなるのは嫌ではない。でも、貴裕がそうしたいと思っているわけではなく、単に譲歩した結果だと思うと、嬉しくもなかった。

曖昧《あいまい》に黙った晶真に、貴裕は珍しく微笑《ほほえ》んだ。

「今度、兄ちゃんがくれたピンクのシャツ着るから、機嫌直してよ」

「……機嫌悪いわけじゃないよ」

不機嫌なのは貴裕のほうだろ、と思いながら、晶真は寂しさと不満にほんの少しだけ嬉しいのが混じるのを感じた。

ほんと馬鹿みたい、と思ってコーヒーを飲みほす。

よくわからない理由で不機嫌になられたばかりだというのに、貴裕が妥協してくれただけだとわかっていて、そうやって折れてくれるところも優しい、と思うと、ちょっとときめいてしまうなんて、馬鹿だ。

(なんで、こんなに好きなんだろう)

「じゃあ、行こっか」

なにごともないように笑って立ち上がりながら、晶真はいつまで続くんだろうと思う。

貴裕を恋愛対象として諦めきれないまま、気持ちが伝わってしまわないように気を遣う生活は、いつまで壊れないいんだろう。

恋に気づいたあの日から、いつか終わりにしなければいけないとわかっているのに、諦める「最初の一歩」が、晶真は踏み出せないでいる。


駅から十五分以上かかる晶真のバイト先の古着屋まで、貴裕は本当に荷物を持ってついてきてくれた。嬉しさと困惑が半々の気分で、晶真は貴裕から荷物を受け取ろうとした。

「持ってくれてありがと」

貴裕は店内を見回して、なにを思ったのか荷物をひっ込めた。

「やっぱり、俺が家に持って帰る。当日まで部屋に隠しといたほうがいいだろ」

「えっ、でも、俺が持って帰るからここまで来てくれたんじゃないの？」

戸惑って晶真が貴裕を見上げると、貴裕は眉を寄せて「気が変わったんだよ」と素っ気なく言う。

「兄ちゃんが帰りに乗る電車は混むから荷物邪魔だろ。その代わり、」

「あ、弟くんじゃん。いらっしゃい」

貴裕がなにか言いかけた途端、陳列棚のあいだから店長の根津《ねづ》が顔を出して、貴裕はむっとしたように口をつぐんだ。根津は貴裕の顔を見てぷっと噴き出す。

「そうやって敵対心を剝《む》き出しの顔するところが若いよな。俺、嫌われてるね」

笑いながら根津は腕を組んで、貴裕を上から下まで眺める。根津は背が高く、やや皮肉げな笑みさえ似合う、大人らしい男だ。デザイナーでありながら、彼自身がモデルも務められそうなしなやかな長身から見下ろされた貴裕は、いっそう不機嫌に顔をしかめて根津を睨《にら》み返した。

「べつに、嫌いではないですよ」

「へえ、でも苦手だろう」

「苦手でもないです。ただ好きじゃないだけ」

「貴裕、失礼なこと言うなよ」

貴裕はどういうわけか根津と相性が悪く、店に来て顔をあわせるたびにこんな調子になる。晶真はスタッフルームにバッグを投げ込み、なんて言おう、と思いながら貴裕を振り返る。

「えっと、今日はありがと。ほんとにそれ持って帰ってくれるの？」

「……べつにいいよ、暇《ひま》だったし。兄ちゃん、帰りは？」

「店長にミシン借りるから、ちょっと遅くなると思う。母さんに言っといて」

「ん」

わずかに頷いて、貴裕はふいに近づいてきた。伸ばされた手が頬《ほお》に触れそうになり、晶真はどきりとして首を竦《すく》めた。

「なっなに……っひゃ、」

貴裕の冷えた指が首から耳を掠《かす》めて、パーカーに触れてくる。冷たさと動揺で変な声が出てしまい、晶真は慌てて身を引いた。

「なに……？」

「パーカーのとこ、ゴミついてた」

「あ……、ありがと」

そっかゴミか、と思うのと同時にほっとしたような残念なような気持ちになり、晶真はついと前髪をひっぱった。きっと顔が赤い。恥ずかしい。

貴裕は荷物を持ち直し、根津のほうに睨むような視線を向けた。

「気をつけてね、兄ちゃん」

「？　うん」

最近、家の近所では不審者が出るらしいと母が話していた。夜道は危ないとかそういうことだろうか、と思いながら晶真が頷くと、貴裕は踵《きびす》を返した。根津が「せっかくだから見てけよ、似合いそうな革のジャケットあるぞー」と声をかけたが、なにも言わずに出ていく。

ひらひら手を振って見送っていた根津は、晶真を見下ろして楽しげに目を細めた。

「今日は弟くんとデートだったんだ？」

「やだな、ちょっと買いものに行っただけですよ。今日は母さんの誕生日プレゼント買うって口実だったから貴裕も断れなかったみたい。最近俺、鬱陶しがられてるから、口実でもないと一緒になんて出かけてもらえないんです」

からかうようににやにやしている根津に自嘲気味に笑い返し、晶真は足下の段ボール箱を開けた。

「これ、仕分けすればいいですか？」

「うん、よろしく。晶真を鬱陶しがってるわりには店まで送ってくれるんだな」

「俺が荷物ぶつけて壊しちゃうのが心配だって。俺そんなにどんくさくないのに、兄を信用してない弟なんて生意気でしょ」

「そんなこと言って、嬉しいくせに」

「そりゃ心配してくれるのは嬉しいですよ、優しいなあって思うもん。自慢の弟なんです。落ち着いててかっこいいし、ぶっきらぼうだけど優しいし」

「落ち着いてるか？　中身は相当子供っぽいだろう、アレ。なんだよあの敵愾心《てきがいしん》の剥き出しっぷり」

「悪口言わないでくださいよ！　それは、店長にはどうしてか、いっつもつっかかりますけど、普段は本当にいい子なんですよ？　貴裕は世界一の弟なんだから」

「いい子ねえ……ブラコン健在だな」

「ブラコンですよーだ。店長には弟がいないからわからないかもしれないけど、ほんとにほんとに、いい弟なんだもん」

ブラコンという単語でごまかして自分の気持ちを表現するのは、本当のことを言えない寂しさと、それでも好きと言える嬉しさが混じりあって甘酸っぱい。貴裕って可愛くて優しくてその上かっこいいんですよ、と言いながら晶真が箱の中の服をカウンターに上げると、そこに手をついていた根津とまともに目があった。

にっ、と根津が笑う。

「晶真って、弟の話するときいっつも耳が赤くなるな」

「えっ」

驚いて両手で耳を押さえてしまってから、晶真はしまった、と思ったが遅かった。根津がまたにやりとする。

「動揺しちゃって。前から思ってたけど、ブラコンにしてはいきすぎじゃないか？」

「そんなことないです、重度なブラコンなだけですっ。俺のことはどうでもいいでしょ、店長も仕事してくださいよ」

簡単な手口にひっかかる自分を恨《うら》めしく思いながら、晶真は段ボール箱を横にどけた。二つ目の箱を開けたところで、後ろからまた声をかけられる。

「重度のブラコン、っていうのも威張ることじゃないと思うけど」

「ほっといてください」

言い返すと、根津はしばらく黙り込んだ。見られているのを感じながら、晶真が根津を見ないようにして服を種類ごとに分けはじめると、根津は「晶真」と呼んだ。

「もしさ、しんどいことあるんだったら、相談にのるよ」

さっきまでのからかう口調とは違う、真面目な声だった。めったに聞かない根津のその真剣な口調に、晶真はつい顔を上げてしまう。

根津は笑みも浮かべずに、じっと晶真を見ていた。そういう表情をされると、根津が自分よりもずっと年上の、経験豊富な大人なのだと意識してしまう。見透《みす》かされているような気がしていたたまれずに、晶真は意識して笑い返した。

「なんにもしんどいことないですよ。でもありがとうございます。意外と優しいんですね」

「そう、意外と優しいだろ」

わざと冗談めかした言い方をしたのに、根津はにこりともしなかった。晶真は困って、もう一度笑ってみせた。

「でも、俺の貴裕のほうが優しいです」

「……俺の、ねえ」

「あ、今の内緒ですよ。俺の、とか言ったら貴裕、すごい不機嫌になるから」

「へえ、不機嫌になるんだ。なんで？」

かるく言ったのに根津に聞き返されて、晶真はどきどきしながら「なんででしょうね」と急いでかわした。

「最近すぐ怒るんですよ、反抗期かなあ。兄としては寂しくって」

仕分けた服からカットソーを取り出して、ハンガーにかけながら晶真は喋る。貴裕のあの態度が反抗期などではないことはわかっていたけれど、あまり重たく話したくはなかった。軽口めいて喋っておけばたいてい、深く詮索《せんさく》されることはない。

「でも不機嫌になられても、一緒にすごすのは今ぐらいだと思うとついかまっちゃうんですよね。いつかは俺も貴裕も実家出て、離れて暮らすのはわかってるし。だからこれでもそろそろ弟離れしといたほうがいいかなあとは思ってるんです。弟に自立の先越されちゃったら兄のメンツも保てないし、だから次のモードマーケットも頑張るつもりだし」

「ま、頑張るのはいいんじゃないか」

晶真の声が途切れるのを待っていたように、根津から相槌《あいづち》が返ってきた。普段どおりのどことなく面倒そうな口調に、晶真は安堵《あんど》してこっそり胸を押さえた。根津は普段いい加減に振る舞っているわりに、妙に鋭い。本当はバレているんじゃないかと、ときどき思うのだ。誰にも相談できないでいる、この後ろめたい気持ちが。

ちらりと根津を窺《うかが》うと目があって、根津はかるく肩を竦めた。

「そのわりに、新作できたーってはしゃいで持ってこないな？」

「頑張ってはいるんですけど、実はなかなかデザインが進まないんです。なんか、スランプっていうか……集中できないっていうか」

出展予定のイベントまであと三ヶ月しかないことも、最近の悩みだった。あと三ヶ月なのに集中できないのは初めてだ。気がつくと将来のことや貴裕のことを考えてしまって、目の前の作業に没頭しきれない。

晶真が溜め息をつくと、根津は「なに言ってんだ」と呆れたように言う。

「はじめてたいして経ってないくせに、スランプとか生意気言うなよ」

根津は鋭いだけでなく容赦《ようしゃ》ない。晶真はふくれて言い返した。

「わかってます！　ジレはいくつか作りたいから、それはちゃんとトワルからパターン起こしたりしてますよ」

晶真はもともとは専門学校に行くつもりで、その学費を稼ぐためと、実地でアパレル系の勉強ができないかとアルバイト先を探していて見つけたのが、根津のこの店だった。

基本的には古着屋だが、店の半分ほどは根津の作った服や小物が並び、知り合いだというスタイリストや、劇団のスタッフが訪ねてきては根津に仕事を頼んでいく。店の奥のスタッフルームには業務用のミシンがあって使わせてもらえるし、根津の仕事も間近で見ることができる上に手伝えるので、最高のバイト先だった。

「イベント系はたしかにいいチャンスだが、それだけじゃ食っていけねえのわかってるだろ。今はいいとして、早く自立するんなら、これからどうするのか考えてるのか？」

晶真を眺めるのをやめた根津はカウンターに尻を乗せて、レジの脇の犬のぬいぐるみを撫でながら聞いてくる。ちょうど、耳に痛い話題だった。

先のことを考えるのは同時に、貴裕とはどうなるのだろう、という不安がつきまとう。数年後にはちゃんと兄としての、家族としての愛情だけに戻れているだろうか？　大学を卒業したら貴裕はどうするのだろう？

そういうことを考え出すとせつなくなって、仕事のことさえ決めかねてしまうのだ。あと少しだけこのままで、と結論を先延ばしにするのは、自分でも悪い癖《くせ》だと思う。

店長って人の気持ちが読めるんじゃないかな、と思って晶真は自嘲気味に笑った。

「先のこと、は迷ってます。でも、やっぱり自分で服作って売りたいなあ。普通はデザインだけとかパターンだけに特化するんだってわかってるけど、作るのも考えるのも好きなんです。マーケットで売れたときはすごく嬉しかったし、リピートで注文が来たときも嬉しかったから」

そう答えてから、晶真は手をとめて振り返った。

「でも、なんでですか？　改まってそんなこと」

「いや、小林《こばやし》から——」

根津が口をひらいたとき、表のドアが開く音がした。おはようございます、という挨拶《あいさつ》の声はまさに小林の声で、晶真は根津と顔を見あわせてちょっと笑った。

「あれ、なに笑ってるの？　まさか僕の悪口でも言ってた？」

奥まで来た小林が人のよさそうな笑みを浮かべて眼鏡《めがね》を押し上げ、晶真たちを睨むふりをした。

「違いますよ」

「そうだよ」

同時に晶真と根津がばらばらの答え方をして、小林は面白そうに笑った。

「じゃあ弥坂くんを信じることにするよ。根津、これキャラ表ね。台本はまだ直してるけど、だいたいはこんな感じ。よろしく」

鞄《かばん》から小林が出した封筒を、根津は黙って受け取った。無愛想な態度を小林は気にしたふうもなく、

「打ち合わせは来週の水曜日でいい？」と確認し、根津が頷くと手帳に書きとめた。右手の指にはさりげなくリングがはまり、手帳は革製で銀色の装飾が洒落《しゃれ》て見える。小林さんて銀色のイメージだな、と晶真は思う。

小林は、本人曰《いわ》く「中規模」の劇団で美術を担当していて、根津は彼の依頼で舞台衣装を用意したり、製作したりしている。晶真も招待されて観にいったことがあるが、有名な俳優が出ていて、思った以上に華やかな世界に見えた。小林自身はごく控えめな、もの静かな男だ。

「それから、このあいだの話、考えてくれた？」

手帳をしまった小林がそう口にする。根津はちらりと晶真に視線を寄越した。

「俺はあんまりやりたくないけど、コンペにしてもいいならやってもいいよ」

「コンペ？」

首を傾げた小林に、根津は頷いて顎《あご》で晶真を示してみせる。

「俺のと晶真のと案を出すから、どっちか選んでもらうってのができるならやってもいい」

「俺ですか？」

急な話に驚いて、晶真は根津と小林を見比べた。小林は困ったように眼鏡のブリッジに触れる。

「どうかなあ。うちの前の演目の、『海辺の椅子』を見て衣装がよかったから紹介してくれって来た仕事なんだけど」

「それなら、俺が先方と直接会って話して、オッケーもらえばいいだろ」

「まあ、それは全然かまわないけど。……根津って、弥坂くんのこと気に入ってるんだね」

「だって可愛いだろう」

複雑そうな小林の呟《つぶや》きにこともなげに根津はそう言って、小林を苦笑いさせた。根津は小林の表情を気にする様子もなく晶真のほうに向き直る。

「さっきも言ったけどな。どうにもなんなくてパンクするまえに、相談しろよ。聞いてやるから」

「……は、い」

まっすぐな視線に半ば咎《とが》めるように見つめられ、晶真はどきりとして小さく頷《うなず》いた。根津はなにごともなかったように、「サンプル取ってくる」と奥に消えてしまう。残された晶真のほうが居心地が悪かったが、小林は沈黙を嫌うように晶真に笑いかけた。

「きみがここに出入りするようになって、丸二年くらい？」

「そのくらいです。……俺、店長の仕事に割り込むみたいになってないですか？」

晶真は根津が消えた奥のドアを振り返る。早く戻ってきてくれないかな、とちらりと思う。誰とでもすぐ打ち解けられる晶真には珍しく、小林とはいつも会話が気まずい気がするのだ。なんとなく、自分が好かれていないのではないか、と晶真は思っていた。

「そもそも、なんの仕事なのかも聞いてもいないのに、店長ってば急に言い出すんだもん」

「CMの衣装だよ。決まればけっこう、大きい仕事じゃないかな」

「――そんなの、俺なんて完璧いらないですよね？」

晶真が小林を見上げて聞くと、小林は否定せずにとりなすように微笑む。

「根津がそうしたいんだからいいんじゃない？　たぶんきみのこと、ほんとに可愛いんじゃないかな。ほら、弟子みたいなものでしょう」

「そうかなあ……普段は全然、可愛い弟子みたいな扱いじゃないですけど」

弟のことでもすぐからかわれるし、と思ったが、たしかに根津は面倒見のいい男だった。さきほどの「相談にのるよ」と言った真剣な顔を思い出し、晶真は言い直した。

「でも確かに、店長って無愛想なわりに、親切ですもんね。ミシンの使い方とかも、俺だいぶ独学したんですけど、店長に教えてもらって格段に出来が変わったし、パターンも綺麗に引けるようになったし」

「弥坂くんは筋がいいんだと思うよ。なんだっけ、前に出展してたイベントにうちの女の子たちが見にいって、可愛くてよかったって言ってた」

小林は眩《まぶ》しいものを見るように目を細めて、そう言ってくれた。

「やった、お世辞でも嬉しいです！　今は次回に向けて鋭意準備中なんですよ」

「僕も楽しみにしてるよ」

「ありがとうございます。今日も店長がミシン貸してくれる予定なんで、いっそ泊まって徹夜で頑張っちゃおうかな」

「……そう。よかったね」

笑う小林の顔がすっと陰《かげ》って、晶真は「あ」と思う。たぶん、失敗した。

謝ろうかと迷っているうちに、小林は気をとり直すようにまた優しい笑みを浮かべた。

「せっかくだから、晩飯は根津においしいものでも奢ってもらったら？」

きっと本音ではないだろうその提案に、晶真は控えめに笑みを返した。

「そうですね、ねだってみます。小林さんにそそのかされたーって」

小林と根津は大学の同期なのだと聞いた。その頃からのつきあいだから、いきなり自分が割って入ったみたいで、あまり気分がよくないのだろうなと晶真は思う。

その気持ちはなんとなくわかる。

同時に、ちょっと羨《うらや》ましかった。だって根津は普段は面倒くさそうな態度ばかりなのに、小林からの仕事は楽しそうにやっているのを、晶真はよく知っているし、たぶんそのことを小林も知っているはずだ。

「小林、見本で持って帰るのこれでいいか?」

根津が戻ってきて、小林はそちらを向いて「ありがとう」と微笑んだ。広げたスタイリング見本のブックを二人で覗き込む様子は真剣で、そうして親しげだった。

(――俺と、貴裕も、あんなふうだったらよかったのにな)

誰の目から見ても仲がよくて、それが不自然ではない親密さで、「いい兄弟だね」と認めてもらえるような、そういう二人でいられればよかった。ぎくしゃくしたりしないで。鬱陶しがられたりしないで。

そもそも、恋してしまわなければよかったのだ。

どうにもならない現状を思い出して俯きかけ、晶真は振り払うように二人に声をかけた。

「コーヒー淹《い》れてきますね。打ち合わせのあいだは俺が店番してますから、ごゆっくり」

小林との会話を思い出したのは、翌日の夜、仕立てたジャケットの細部を根津にチェックしてもらっているときだった。

バイトは休みなのに、店の上にある自宅にまで上がり込んだ晶真の相手をしてくれる根津の顔を見ていたら、やっぱり店長って親切だよなあと思えて、思い出した。

「そういえば小林さんが、店長にごはん奢ってもらいなよって俺に言ったんですよね」

「へえ」

「俺、お腹空《なかす》きました」

「寝言は寝て言えよ」

素っ気なく返されて、冗談のつもりだった晶真は「やっぱり」と笑った。

「俺と行くよりは小林さんと行くほうが楽しそうですもんね」

「――なんでそうなるんだよ」

「あれ？　だってたしか、小林さんとは大学で同期で、よく朝から晩まで同じ飯食ってたって」

「そんな話、おまえにしたか？」

「しましたよ、俺が最初に小林さんと会ったとき」

「そうだったかな。ほら、返すよ。合格点」

「やった、よかったー!」

差し出されたジャケットを受け取って、晶真は丁寧にそれをハンガーにかけ直した。携帯用のカバーをかけて折りたたんでいると、横で根津が煙草《たばこ》に火をつける。

「——飯、食いに行くか」

煙を吐き出しながらなにげなく言われ、晶真はぽかんとして根津を見返した。根津は「なんだよ」と顔をしかめる。

「おまえが言い出したんだろ。俺も腹減ったんだよ。今日は疲れてるから自炊も面倒だし、そのへんのファミレスかラーメンでよければ行こう」

「それなら行きます。俺もほんとに腹減ってたんですよ」

ファミレスかラーメンなら割り勘でということだろうと、晶真は笑って頷いた。

同時に、せっかくの機会に、根津の言葉に甘えて相談にのってもらおうかな、と思う。

仕事のことではないし、貴裕のことを打ち明けるわけにはいかないけれど、誰にもなにも言えずに過ごすのは正直苦しい。たとえば、「好きな人の諦め方」程度のことなら、一般論として聞いてもおかしくはないだろう。アドバイスがもらえなくても、聞いてもらえるだけでもいい。

できるだけあやしく思われない話し方をして、深刻になりすぎない感じで……と考えながら根津についていくと、着いた店はラーメン屋でもファミレスでもなかった。細い裏通りの小さくてお洒落なイタリアンで、気後《きおく》れして足をとめた晶真に根津は「イタリアンっぽい飲み屋だよ」と言ってさっさと入ってしまう。

仕方なく晶真もドアをくぐると、どうやら根津と顔見知りらしい店主が「いらっしゃい」とメニューを持ってきてくれた。

「好きなの頼めよ、今日だけ奢ってやるから」

「今日だけ、ですね、ありがとうございます」

固辞するのも申し訳なくて、晶真は頭を下げた。

ビールで乾杯すると、根津は「昨日の話な」と口火を切った。

「俺とおまえのデザイン両方見てもらうって話、先方のオッケー出たから、コンテ読んでデザイン描いて、持ってこいよ」

「ほんとに俺もやるんですか!?」

「嘘ついてどうすんだよ。お菓子のＣＭだから、おまえに向いてると思ったんだ」

「それは、すごく嬉しいですけど。でも、ええと……根津さんの立場悪くなったりとか、しないんですか？」

「するわけないだろ、どっからそんな考え出てくんだよ」

根津が馬鹿にしたように鼻を鳴らして、煙草をくわえる。

「いいチャンスは素直に喜べよ。晶真はまだスタートラインに立つか立たないか、ってとこなんだから、迷ってるならいろんなことやってみたらいいんだ」

「そうですね。ありがとうございます」

CM用の衣装だなんてそんな大きな仕事、と後込《しりご》みする気持ちはあるけれど、チャンスがもらえることが嬉しくないわけではない。行き詰まっているところだし刺激になるかも、と思って、晶真はビールに口をつけた。

根津は「いっぱい食えよ細っこいんだから」とフリッターを取り分けてくれて、ビールも注《つ》ぎ足してくれる。

「晶真って、なんで服飾の仕事したいって思ったわけ?」

かるい調子でそう聞かれ、晶真はグラスの端を噛んで根津を見上げた。

「言っても、笑わないですか?」

「笑わないよ」

真面目くさった顔で頷かれて、あやしいなあと思いながら、晶真は前髪をひっぱった。微妙に、恥《は》ずかしい。

「——小六のとき、学芸会で劇があったんですよ。白雪姫《しらゆきひめ》かなんか」

「ベタな演目だな」

「うん、うろ覚えだけど、ベタに王子様とお姫様が出てくる劇で、それで王子様役がなんと、うちの弟だったんですよね」

「貴裕クンか」

「貴裕くんですよ。王子様なんて、ほとんど主役じゃないですか。両親は喜んでたし、俺も自分のクラスの出しものも覚えてないくらい楽しみにしてたんです。当日は俺のほうが緊張してるんじゃないかってくらいどきどきして——貴裕が出てきたときは、心臓とまっちゃうかと思いました」

言いながら、晶真は自分で笑ってしまう。あの頃はただ、貴裕が大事だった。よこしまな自分の欲望が入り込む余地もなく、ひたすら、貴裕が好きだった。

「舞台の上で王子様の衣装着た貴裕がね、本物みたいだったんですよ。ちょっと軍服みたいな衣装で、マントつきで。……すっごく、かっこよかったんです」

思い出すときゅっと胸が高鳴る。そう——かっこよかったのだ。

嘘みたいに、貴裕は本物の王子様に見えた。

「そのとき、人間って着るもの一つでがらっと変わるんだ、すごいって思ったんです」

「なるほどねえ」

噛みしめるように言った晶真に、根津はどこか眩しそうに目を細めて頷いた。晶真は照れてビールを一口飲んだ。

「それから人が着てる服をよく観察するようになって。女の子でもジーンズが好きな子とかいつもスカートの子がいて、赤が好きな男子も緑が好きな男子もいて、面白いと思ったんですよね。俺はどういうのが好きかなあって考えはじめて、カラフルなのが好きってわかってきて……今に至るって感じです。だから、一番最初のきっかけは弟なの」

「予想はしてたよ、弟がらみなのかなって」

「まじでブラコンだって思ってますよね」

「重症だなとは思ってる」

根津はわざとらしく眉をひそめてみせて、晶真は病気みたいな言い方に苦笑いした。

病気だったらよかったと思う。治る病気だったら。

せめて、本当にブラコンと言える程度のことだったら、悩んだりせずにすんだ。

ビールを飲みほしてフリッターを食べて、晶真はできるだけ明るく笑った。

「きっと今、俺がデザイナー目指してるのは貴裕の王子様がかっこよかったからだよ、なんて言ったら絶交されちゃいますけどね」

将来の夢の話は、以前貴裕ともしたことがある。俺デザイナーになりたいな、と、一緒に買いものをしながら。

高校一年生の頃だっただろうか。恋心を自覚する前のことだ。今と同じく地味な色ばかり選ぶ貴裕に無理に花柄のパーカーを勧めて嫌がられて、晶真がちょっとむくれたとき、貴裕が言い出したのだ。

「兄ちゃんがデザイナーやるなら、俺は同じ会社で経営者になるよ」

それは全然甘い響きではなく、喧嘩の中の売り言葉に買い言葉で、怒った声だった。「兄ちゃん、数学できないもんな」とぶっきらぼうに言われて、鬱陶しがられてるのかなと寂しく思う反面、貴裕の台詞が本当になったら嬉しい、と思った。どんなかたちかはわからないけれど、将来もずっと一緒だったらいいと、思っていた。

きっともう、貴裕は晶真と一緒に仕事がしたいとは思っていないだろう。些細《ささい》な喧嘩中の言葉は覚えていないだろうし、もし覚えていても、実現させる気はないはずだ。

——苛立った貴裕の声と目つきを思い出して沈みかけた気持ちを無理に鼓舞《こぶ》するように、晶真は根津に向かって笑ってみせた。

「けっこう昔からこの仕事したいって思ってたんで、今はすごく楽しいです。ＣＭのデザインも、頑張りますね」

「まあ、あんまり無理するなよ」

根津が苦笑じみた笑みを浮かべて手を伸ばす。くしゃりと頭を撫《な》でてくれる親しみのこもった雑さは心地よかった。晶真はくすぐったさに首を竦めて笑ってから、根津の顔を見返した。

「ひとつだけ、聞いてもいいですか？」

「なんだ？」

トーンの落ちた晶真の声に、根津は真顔になった。晶真は「たいしたことじゃないんですけど」と前置きをして続ける。

「質問ていうか、相談、なんですけど。——恋するみたいに好きなものを、好きじゃなくなるけど、嫌いにはならない、って方法、あると思います？」

「なんだそれ。恋するみたいに好きなもの？」

根津に不審そうに顔をしかめられ、晶真は曖昧に笑った。

「たとえば、すっごくお月様がほしくても、手は届かないですよね。理屈では手が届かないってわかってるのに、でも取ってみたいと思う気持ちの諦め方って、なにかあるかなあと思って」

「——諦め方ねえ」

呟いて、根津はもう一度晶真の髪をかき回した。

「恋でもしてんの、おまえ」

「違いますよ。……叶わない夢ってあるなあって思ってるだけです」

小さく笑って答えて、そういえばもう、自分がどうしたいのかもわからないなと晶真は思った。恋なんかしないで貴裕の兄でいなければならない、とは思うけれど、それは望みとは少し違う気がする。かといって、逆に恋が実ればいい、とも思えない。それだけは、駄目だった。

自分勝手に、貴裕の幸せを奪うわけにはいかない。

「——最近、自分でもどうしていいかわかんないんです」

呟いて、晶真は俯いた。根津はしばらく黙っていたが、やがてぽん、と晶真の頭を叩く。

「叶わないけど諦められないうちは、諦めなくてもいいんじゃないの？」

いつもの適当そうな声のままなのに、どこか優しい口調だった。

「諦められないうちは、どこかで諦めたくないって思ってるんだからさ。そのうち嫌でも、頑張るか諦めるか決めなきゃいけなくなるもんだって」

「……そうかな」

苦味のまじる根津の、励ましてくれる声が嬉しかった。晶真はきゅっと前髪をひっぱって、情けなく歪みそうな顔を俯けた。店長の恋人になる人は幸せだろうなと思う。根津のいいところは簡単に言葉にできて、もし男性しか好きになれないなら、店長だっていいのに、と晶真は思ってしまう。大人で、いい加減そうに見えて大事なところでは包容力があって、家族でも兄弟でもないから、好きになってもかまわない。

けれど、それなのに――自分が好きなのは、いけないとわかっている弟なのだ。

「いつかは、自然と決められるものなのかな」

「自然と、ではないかもしれないけど、時期が来ないうちに諦めるよりはきっと楽だよ」

独り言のような呟きに返してくれる声も、そっと撫でてくれる手も嫌になるほど優しかった。優しくされて簡単に気持ちが揺れて、欲張りになる自分がみっともないと思うけれど。

「そうだったら、いいんですけど」

呟きながら、晶真はあとちょっとだけならいいだろうか、と思う。貴裕を好きでいても。恋していても。

いつか自分で決める区切りの日までは、そっと貴裕を想っていても、いいだろうか。

根津とすっかり話し込んでしまい、終電に飛び乗って自宅の最寄り駅に着く頃には一時を回っていた。駅前の商店街を過ぎると人影もなくなり、昼間とは打って変わってひんやりした空気がまとわりつく。晶真はぶるっとして足を速めた。

と、後ろで自転車のブレーキの音がした。

驚いて振り向くと、自転車が目深《まぶか》に帽子をかぶった男を避けて、また走り出すのが見えた。自転車はすぐに通りすぎたが、晶真はとまったままの帽子の男から目が離せなかった。顔は見えないのだが、じっとこちらを窺っているような気がする。急に、母親が「最近不審者が出るって聞いたわよ」と言っていたのが思い出されて、ぞくりとした。

(でも、自転車にびっくりしてとまっただけかもしれないもんな)

晶真はそう自分を納得させて再び歩き出した。

だが、後ろからひたひた男が迫ってくる気がして気味が悪い。足音は聞こえない。聞こえないのがよけいに気にかかり、いくらもしないうちに晶真はまた振り向いてしまった。

途端《とたん》、さっきよりもあの男と距離が縮まっていることがわかって、身体が強張《こわば》る。緊張でこめかみが冷えるように痛んで、晶真はぎこちなく前を向いた。

駅から徒歩二十分かかる晶真の家は住宅街のど真ん中で、バス通りからも離れているから、途中にコンビニもない。

男でも、つけられているかも、と思うとこんなに気味が悪いのだから、女の子だったらもっと怖いだろうなあと思いながら、晶真はあえて歩く速度を落とした。

耳を澄ますと男がどんどん近づいてくるのがわかる。近づくと、スニーカーらしい鈍い足音がちゃんと聞こえた。妙に規則正しい足音だ。晶真は今度は完全に立ちどまり、身体ごと振り返った。

三メートルほどの距離で、相手がとまった。呼吸が少し速い。だらりと下がった両手には凶器になりそうなものはなく、鞄もなにも持っていない。帽子のせいで目は見えず、半びらきになった口元だけが見えた。

「なにか、用?」

晶真が顔をしかめて聞くのとほぼ同時に、男が前に踏み出した。つられて後じさった晶真のほうに手が伸びて、振り払おうとした手首をきつく摑まれる。

ぬるりと汗ばんだ手だった。もう一方の手が斜めにかけた晶真のバッグにかかり、晶真はぞっとして摑まれた手を引いた。代わりに右足を上げて思いきり、腹めがけて突き出す。

ぐにゃりとやわらかい衝撃がして、げえっ、と男が呻《うめ》き、手が離れる。腹をかかえて後ろに下がった男に、晶真は言ってやった。

「どうせ狙うならもっと金持ってそうなやつにしろよ、迷惑だな!」

「……っ」

「ていうか犯罪すんなよ、捕まるぞ。もうついてくんなよ」

掴まれた手首がまだ湿っていて、晶真はそこを服で擦《こす》りながら踵を返した。ついてこられたら、あるいは後ろから襲いかかられたら嫌だな、と思ったが、その気配はしなかった。

ほっとしながら早足になり、いつもは曲がらない角をいくつか回って家に着いたときには、緊張の反動なのか息があがって身体が重かった。晶真は門にもたれて数回、深呼吸した。

息が治まるのを待って、もう寝ているだろう両親を起こさないようにそっと玄関の鍵を開ける。階段を上がって自分の部屋の前に着くと、ふいに、隣の部屋のドアが開いた。

「遅かったね」

貴裕だとわかっていたのにぎくりとしてしまった晶真は、咄嗟《とっさ》になにも返せなかった。貴裕が晶真の顔を見て、訝《いぶか》しげに首を傾げる。

「どうかした？　外で、ちょっと休んでたみたいだけど」

「え？」

「窓から見えた。——具合悪い？」

躊躇《ためら》いがちに貴裕の手が伸び、けれど触れる前に戻されてしまう。それでも、心配してくれたのだと思うと強張った身体がゆるんで、晶真は少しだけ甘えたい気持ちになった。

根津と話して、あと少しだけ好きでいてもいいかな、と考えたせいかもしれない。こんなことがあったんだ、と話して、兄ちゃん強いだろ、とふざけて、バカじゃないのと呆れられて、おやすみを言いあって――それだけでいいから、少し言葉を交わしたい。

「少しだけ、貴裕の部屋行っていい？」

「……なんで？」

「ちょっと休憩したい」

そう言うと、貴裕は戸惑うように晶真を見下ろしてきた。じっと見つめられたのは数秒で、貴裕は黙って身体を引き、ドアを大きく開けてくれた。

ありがと、と言って晶真は部屋に入る。久しぶりの貴裕の部屋だった。記憶と比べてもほとんど変わっておらず、貴裕の気配で満ちていて、静かで、見回すとひどくほっとした。

無意識にさっき摑まれた手首をさすって、晶真はベッドに腰を下ろす。

「実はさ、さっき駅から歩いてたら、変な男がついてきてさ」

「変な男？」

貴裕は机の前の椅子に座りながら聞き返す。着替えた形跡のないネイビーブルーのシャツにジーンズ姿の弟を見つめて、晶真は後ろに両手をついた。

「うん。なんだろう、ひったくりだったのかな。帽子かぶってて顔見えなくてさ、ついてくるから気持ち悪いなあと思って、とまって『なんか用？』って聞いたら、いきなり手と鞄摑まれるからさすがにびびったよー」

手首を摑まれたときのぬるりとした感触を思い出すとぞっとしたが、それでも晶真はへらりと笑った。

「だから兄ちゃんは勇敢にですね、思いきり相手を蹴飛ばして無事に」

「なんで、そういうとき電話しないんだよ……！」

ふざけて抑揚《よくよう》をつけた声を苛立った声に遮られて、晶真は笑った顔のまま固まった。

じっと晶真を睨みつける貴裕の顔は、いつにもまして不機嫌そうだった。なんで怒るんだよ、と混乱しながら晶真は言われた言葉を反芻《はんすう》して、聞き返す。

「電話？　警察に？」

「警察もだけど、その前に俺に、電話しろよ。呼べば行くよ。なに危ない目にあってんだよ」

「や、だって、貴裕が家にいるかわかんなかったし……いても、もう寝てるかもしんないし、だいたい女の子でもないのに夜道怖いとか」

「現に手、摑まれたんだろ？　たまたまたいしたことなかっただけで、一歩間違えたら怪我《けが》したかもしれないいんだぞ」

「――でも」

「でもじゃないよ。人のこと荷物持ちとか言って使うくせに、どうして肝心なときに呼ばないいんだよ」

耐えかねる、というように顔を背けて言われ、晶真は溜め息をつきたくなった。

怒られたくて話がしたいと思ったわけじゃない。帰り道の不愉快な出来事を笑い話にして、貴裕におやすみ、と言ってほしかっただけだ。

（出来の悪い兄だと思ってるんだろうけどさ。そんな言い方しなくたっていいじゃん）

そう文句を言いたい気持ちを押し込めて、晶真は代わりに謝る。

「ごめん」

「そんなに俺は頼りにならないわけ？」

「違うって。頼りにならないなんて思ってないよ、よくできた弟だっていっつも、誰にでも自慢してるの知ってるでしょ」

「――そうやって、弟扱いしてればいいと思ってるんだよな」

言いながら貴裕は立ち上がり、一歩で距離をつめた。手が晶真のほうに伸びてくる。

一瞬、叩かれるような気がした。

見下ろす貴裕の顔が険しくて、びくりと晶真が竦むのと、貴裕の手が晶真の肩を摑むのはほとんど同時だった。押されて背中からベッドに倒れ込みながら咄嗟に目を閉じて顔を背けようとして、できなかった。

顎をきつく摑まれて、続けて唇が塞《ふさ》がれる。

なにをされているのか、最初は全然わからなかった。息ができずにパニックになりかけて目を開けた晶真は、すぐ目の前の長い睫毛《まつげ》に気づいてぽかんとした。

苦しげな表情と、伏《ふ》せられた睫毛。鼻先が頬に触れている。唇に、自分よりも高い体温。そのぬる

い、やわらかい感触がゆっくり熱を帯び、むにりと動いて吸いつかれ、ぴちっ、とかすかな音がする。

顎にかかった指が痛い。動けない唇の真ん中を、ひどく熱い濡れたものがこじ開けて、

(——あ、)

ようやく、キスされているのだと晶真は気づいた。

口の中に貴裕の舌が入ってくる。舌と舌が触れあって、ぞくりとする感触に晶真はまた目を閉じた。

全身が熱くなる。

(……嘘。嘘、なんで、)

何度か——どうしようもなく人恋しいときに、想像したことがなかったわけじゃない。

もし貴裕に好きだと告げて、「俺も好きだよ」と返されて、恋が実ったら——絶対にありえないとわかっていて、それでも想像してしまったそのキスを今、貴裕からされている。

想像よりずっと激しく、好きというより怒っているみたいなキスだった。

混乱と、キスされる生々しさで身体が震えた。貴裕は気づいたように動くのをやめ、ゆっくりと顔を離す。晶真は腕で顔を覆った。

「……どうして……」

かろうじてそう聞いた晶真に返ってきたのは、冷たいような声だった。

「どうして、って、キスされてもわからないの?」

「……っ」

「そんなわけないよな。わかってるけど、信じたくないんだろう。いつもそうだ、あんたはなにも気づいてません、みたいな顔して俺を弟呼ばわりして、自分は兄だって強調して、それで牽制《けんせい》してるつもりだもんな。大学までほいほい遊びにきたりして普段は人のこと振り回すくせに、肝心なときは俺のことは絶対頼らないんだ。俺に心配されるのも迷惑？」

普段の無口さを覆《くつがえ》すような、責めたてる貴裕の口調に、晶真はゆるく首を振った。

「……違う……迷惑なんて、思ってない」

「へえ、そう。俺が好きだって言っても？」

挑《いど》むような調子で聞かれて、晶真はぎくりと竦んだ。

(好き？　……好きって、そんな、)

まっすぐ見下ろす貴裕の目は燃えるように激しくて、嘘を言っているとは思えなかった。

けれど、そんなはずはない。

そんなはずはないし、あってはいけないことだ。

竦んだ身体の真ん中が、氷のように冷たくなっていくのがわかった。答えられない晶真にじれたように、貴裕が晶真の腕を摑む。

「聞こえた？　好きっていうのはあんたの好きな兄弟ごっこの好きじゃないからね。——もう逃がさない」

強引に腕をひらかされ、晶真は貴裕に見下ろされたまま喉を鳴らした。貴裕は睨むように見つめて繰り返す。

「ずっと、好きなんだ。知ってるだろ。俺があんたのこと好きなの、気がついてから露骨に避けるようになったもんな。あんたにとって俺はただの弟だから、そりゃ嫌だろうね。でも、やめられないんだよ」

顔が近づいて、息が触れた。すぐにキスできそうな距離で、見据《みす》えたまま貴裕は囁いた。

「あんたが、好きなんだ」

静かに唇を触れあわせる仕草は、さっきとは違って優しかった。熱く感じるその唇に晶真はふわりと身体が浮くような錯覚を覚え、服の下に手を差し込まれたところでびくりとした。

脇腹から胸へ撫で上げる手が、同時にTシャツをまくり上げる。直に触られる感触に背筋が勝手に震えて、そのきゅんとなるようなあまさに晶真はきつく目を閉じた。

「やめろって、貴裕っ」

「やめないよ。どうせもう、元通りにはなれない」

ひらき直った貴裕の声に、どうしよう、と思う。

駄目だ。こんなのは駄目だ。貴裕は弟で、自分が兄で、大切な兄弟なのに。

胸に触れるてのひらの熱が、目眩がするほど気持ちいい。

「……っ、俺たち、兄弟じゃん……」

逃げようともがいても、貴裕の身体は押しのけられなかった。貴裕はあっさり晶真の動きを封じて、もう一度キスしてくる。

「——っ、んっ、……ふ、」

舐《な》められて、胸を撫で回されて、怖くて気が遠くなる。

怖いのは、触られてキスされて、呆気なく自分が昂《たかぶ》ってしまいそうなことだった。逃げられないまま反応したら、それこそ元には戻れないのに——貴裕の体温が、ぞくぞくするほど気持ちよくて、怖い。

「た……か、ひろ、」

逃げなきゃ、と思うのに蕩《と》けそうな自分が厭《いと》わしい。貴裕は指先で晶真の喉元を撫でながら、いっそ穏やかに聞こえる声を出した。

「あんたと兄弟になんかなりたくなかったって、昔言ったよね。あの頃から俺、あんたのこと好きだったから。兄弟なんかじゃなく、恋人がよかった」

「……っ」

「ほんとだよ。いつも——ずっと。あんたのことだけ、見てたよ」

耳元に口づけられ、膝《ひざ》が脚のあいだに割り込んだ。膝頭でぐっと押し上げられて、反射的に身体が竦む。

「じっとしてて。暴れたり声出したりしたら、母さんたち起きちゃうかも。……俺はバレたってもうかまわないけど」

じわりと熱い貴裕の体温を一番敏感な場所に感じながら、あまくこみ上げかけた気持ちがひび割れる音が聞こえた気がした。

「ば……馬鹿なこと言うなよ……っ」

最低だ、と思った。脅《おど》すなんて。両親をたてにするなんて。

頭の芯が燃えるようで、息も身体も震えた。俺も好きだよと言って抱きしめ返して全部すむ、というわけじゃない。バレてもいい、なんてあるわけないのだ。

（なんのために、今までおまえと兄弟でいなくちゃって……好きになっちゃ駄目だって、我慢してきたと思ってるんだよ）

「――貴裕！」

もう一度キスされそうになって、晶真はよけながら弟を呼んだ。

「やめて。こういうことは、好きな人としかしたくない」

咄嗟に口にした台詞は思ったとおり、貴裕の動きをとめさせた。ぎらりと怒った目をされて、晶真は怯《ひる》みそうな自分を叱咤《しった》する。どんな手を使っても、貴裕をとめないといけない。

自分たちは、正しい「兄弟」でいなくてはならない。

ぎりぎりのその決意のせいで、いつもは苦手な嘘は簡単に口をついた。

「恋人を、裏切りたくないんだ」

「……つきあってるやつがいるわけ？」

「いるよ」

「誰？」

「貴裕も知ってる人」

「――だから、誰？」

「……店長。根津さん……だよ」

咄嗟に根津の名前が思い浮かんだのは、先刻まで一緒で、根津なら好きになっても駄目じゃないのに、と考えていたせいだった。

店長ごめんなさい、と思いながら言った途端、貴裕の顔色が変わった。それを隠すように顔を背け、そのまま晶真の上からどく。雑に髪をかき上げた貴裕は、低く吐き捨てるように言った。

「じゃあ、明日確認に行く。いいよね」

「確認？」

「あんたが嘘ついてるかもしれないだろ。根津さんに聞くよ。ああ、べつにあんたはいなくてもいいから」

言って、貴裕は晶真を見ないままつけ加えた。

「もう、出てってくれる？」

晶真はごめんと言おうとして、それもおかしい気がして黙ってベッドをおりた。できるだけさりげなく服を直し、なんとか唇を笑みのかたちにする。

「わかった。ちょっと恥ずかしいけど、明日店に来てよ」

「――」

「根津さんに聞いて、納得できればいいんでしょ。いつかは言わなくちゃって思ってたし、ちょうどよかったかも。これからは隠さなくていいんだもんね」

心にもないことでも、喋る気になればすらすらと言えるものだ。それが他人に非難される言葉でも、自分を傷つける言葉でも、たった一つの目的のためなら簡単だ、と晶真は思う。

両思いにならないためなら、悪者になったってかまわない。

精いっぱいの笑みを浮かべたまま、晶真は振り向かない貴裕に「それじゃあおやすみ」と言ってみたけれど、当然のように応えはなかった。


高校二年生の、夏休みだった。

夏休みは家族で旅行に行くのが、貴裕が家族の一員になってから毎年の恒例行事になっていた。

その年は温泉旅行で、子供っぽい父が花火をやりたがり、風流な旅館の離れの庭で四人で花火を囲んだ。迫力はないけれど赤や青にぱちぱち弾ける花火をみんなでするのはけっこう楽しくて、「たまにはこういうのもいいね」と言うつもりで晶真は横を向いた。

貴裕の横顔は綺麗だった。淡く微笑みながら手に持ったすすき花火を見る表情が幸せそうで、きゅんとよじれるように胸が痛んだ。

自分たちと家族になった貴裕が幸せそうにしてくれる、というのは、晶真にとってなにより嬉しいことだった。貴裕を抱きしめて、ずっと一緒にいるからなと言いたくなって、晶真は慌てて視線を逸《そ》らした。変だ。小学生ならともかく、十七歳の男子高校生がほぼ同い年の弟を抱きしめたい、のはちょっと普通ではない。

動揺しながら今年で何年目だろう、と晶真は考えてみた。貴裕が弟になったのは九歳のときだから、八年目だ。

八年は、長いと思う。まだ十七だけど、その半分近くが貴裕と一緒だ。

本物の兄弟よりも仲睦《むつ》まじく、事情を知らない人には「貴裕くんはお母さん似なんだね」なんて言われて、自慢の弟なんですよと笑ってみせるような誰からも羨まれる兄弟だった八年間と同じく、たぶんこれからも一緒なはずで、ずっとずっと、長い時間を二人で過ごす、はずだ。

たぶん——きっと。

そこまで考えて、ようやく晶真は胸が痛んだわけがわかった気がした。もしかしたらずっと一緒じゃなくなってしまうかも、と思ったからだ。

貴裕は大学に進学するけれど、晶真は専門学校に行くつもりだった。今のように同じ学校で過ごすことはなくなるし、生活パターンが変われば、家で一緒に過ごす時間も少なくなるだろう。

来年は貴裕が受験生だから、夏の旅行もないかもしれない、と考えて、ふと思いついて晶真は立ち上がった。

「貴裕、ちょっと散歩行こうよ」

恒例行事の間隔が空いてしまうなら、なにか思い出づくりがしたかった。二人で歩いてお土産《みやげ》なんか買って、再来年は二人で旅行しようよと誘って――そしたら貴裕は、笑ってくれるだろうか。

思いつきに嬉しくなって「行こうって」と貴裕の浴衣の肩を引くと、晶真の頼みを基本的に断らない貴裕が「いいよ」と頷いて立ち上がり、両親はにこにこと見送ってくれた。

両親に手を振って歩き出しながら、晶真は貴裕に笑いかけた。

「どうする、着替える？　浴衣のままでもいいかな？」

「――どっちでもいいけど」

ほんの少し上から見下ろした貴裕は、ふっと目を伏せた。学校で女子たちに密《ひそ》かに騒がれている整った顔が晶真に近づいて、首筋に息が触れる。

「浴衣姿って新鮮だから、このままでもいいかな」

囁かれて、晶真は全身が痺《しび》れたような気がした。

聞き取りづらいほど低い囁きと湿った吐息に目眩がして動けなくなる。貴裕は訝しそうに「兄ちゃん？」と聞いて、背中に触れた。

「大丈夫？」

「——だ、い、じょうぶ」

ちっとも大丈夫なんかじゃなかった。心臓が破裂しそうに高鳴って、顔は燃えそうに熱く、身体中痺れて震えそうだった。

(た、貴裕って……こんなに、……こんなに大人っぽくて、かっこよかったっけ……?)

まるで知らない大人の男みたいに思えて、そんなふうに感じる自分がいたたまれない。

硬直したままの晶真に貴裕はしばらく黙ったあと、「じゃあ」とまた囁いた。

「手、つなぐ?」

聞きながらもう左手を取られていて、かるく引かれた。からん、と下駄が鳴って、一歩だけ先を貴裕が歩きはじめる。

手が自分より大きい、と晶真は思った。ついこのあいだまで身長だってほとんど変わらなかったのに、いつの間に貴裕のほうが大きくなったんだろう。

どきどきしすぎてうまく歩くこともできなかった。旅館の門を抜け、表の細い路地に出ると一歩、二歩、と距離がひらき、貴裕の背中を追うように手を引かれながら溜め息が自然と洩《も》れた。自分より少し高い腰の位置。ずっと広い背中。襟《えり》からすっと伸びたうなじ。熱を帯びたてのひら。

頭痛がするほど激しい動悸《どうき》の理由は簡単にわかった。わかりたくはなかったけれど。

晶真はつながれた手を振り払った。

「やっぱり帰ってもう一回温泉入る」

無理に笑って踵を返して、晶真はできるだけ急いで走った。

もう二度と貴裕には触れない。触ったらきっと気づかれる。貴裕に触れたくて、抱きしめたくて、どうにかなりそうなこの気持ちに気づかれてしまう。

ありえないはずのその気持ちが自分で許せなくて泣きそうになって、離れの部屋に駆け込む寸前、貴裕が追いついてきた。

「兄ちゃん、なんだよ、どうしたの？」

「……どうも、しない」

肩を掴まれて、そのぬくもりがぞっとするほど気持ちいいことに目眩がした。晶真は取り繕《つくろ》うこともできずに貴裕の腕を振り払う。

「ただ気が変わっただけだから気にしないで」

「……それならいいけど。大浴場行く？」

「いい。貴裕は行ってくれば？」

「行ってくればって、兄ちゃんが風呂入りたいって言ったのに」

呆れたような貴裕の声がつらかった。晶真が俯いて前髪をひっぱると、貴裕は溜め息をついて優しい声を出した。

「少し休んでから行く？　とりあえず部屋入ろうよ」

引き戸を開けた貴裕は先に入って「ほら」と晶真を促《うなが》した。まるで貴裕のほうが兄みたいだ、と思って、晶真は頑《かたく》なに首を振った。

「ほっといてよ。俺のほうが兄ちゃんなんだから、世話焼いてくれなくてもいいよ」

言ってしまってから、八つ当たりだとすぐに後悔したけれど、どうしようもなかった。沈黙が怖くて、晶真は続けて言った。

「貴裕は弟だろ。兄ちゃんちょっと考えたいことあるから、母さんたちのとこ行ってて」

「……」

貴裕がむっとするのが、見なくてもわかった。静かに身体の向きを変えられて、晶真のほうが首を竦めてしまう。

「なんでそうやって、兄弟だって強調するんだよ」

低く尖った貴裕の声を聞きながら、だって、と思う。

兄弟だ、と自分に言い聞かせていないと、おかしくなってしまう。

「たいして違わないのに兄貴面ばっかりして、俺の気持ちなんか考えてもいないだろ」

貴裕は腹立たしげに言い捨てて、晶真の横をすり抜けた。

廊下のきしむ音が完全に聞こえなくなってから、晶真はのろのろと部屋に入ってうずくまった。そうしないと、貴裕を追いかけてしまいそうだった。

今すぐ抱きしめて、行かないで、と言いたい。どこにも行かないで、ここにいてほしい。来年も再来年もずっと一緒だと約束させて、独り占めしたい。

「絶対、駄目なのに」

息をするのも苦しかった。駄目だと思えば思うほど苦しい。

「兄弟じゃなきゃ駄目なのに——どうして、好きになっちゃったんだろう」

貴裕の幸せを壊すわけにはいかないのに。

貴裕も自分のことを好きだなんて考えたこともなかった。

そして、それがこんなにつらいことだということも、思ってもみなかった。普通なら両思いは幸せなことで、薔薇《ばら》色でうきうきした気持ちになれるはずだろうに。

「……全然、ハッピーじゃないなあ」

呟いて、晶真は斜めにかけた鞄の位置を直した。気分を映したように雨模様だったから、せめてもと選んだオレンジのTシャツが浮いて見える。

普通ならハッピーな「両思い」をなかったことにするのは、ただ気の沈む作業だ。そうして、気の沈む作業をしようとしている自分が、すごく嫌な人間に思えた。

自分勝手で、他人の迷惑も顧《かえり》みないようなことをする自分は好きになれるわけがない。それがたとえ貴裕のためでも、勝手なことにはかわりない。恋をすると女の子は綺麗になるというけれど、俺は醜《みにく》くなるばっかりだなと思いながら、晶真は溜め息をついてドアを開けた。

「おはようございます」

いつもと同じに聞こえるよう明るく声を張り上げて奥へ行くと、根津は広げていたノートパソコンから顔を上げた。

「ずいぶん早いな？　今日は弟くんのお見送りはなしか？」

にやにやと言われて、晶真は笑い返せなかった。強張った晶真に、根津は表情を改めてパソコンを閉じる。

「なんだ、喧嘩でもしたのか？」

「——そんな感じです」

頷いて、晶真は意を決して俯きかけた顔を上げた。

「あの、店長にお願いがあるんですけど」

「なんだよ、改まって」

「すっごく申し訳ないんですけど……一日だけ、俺の恋人のふり、してくれませんか」

「…………なんだって？」

根津に呆《あき》れたように聞き返されて、晶真はぱっと頭を下げた。

「ごめんなさい！　昨日弟と喧嘩して、俺、恋人がいるって嘘ついちゃって……そのとき、咄嗟に店長の名前出しちゃったんです」

「なんで俺の名前出すんだよ」

「ごめんなさい。あとで殴《なぐ》ってくれてもいいです。でも、ほんとに、一日だけでいいんです。貴裕が来たら、つきあってるって一言言ってくれるだけでいいので」

自分で聞いていても筋の通らない、迷惑な頼みだった。下げっぱなしの頭の向こうで、根津が困ったように腕組みする気配がした。

「それさ、嘘ついてごめん、って弟くんに謝るってのは、できないわけだよな」

「——できない、です」

「女の子の友達、ってわけにもいかない？」

「今、こんなこと頼める仲のいい子いないし」

「で、俺？」

「……すみません」

もう一度謝って、晶真は顔を上げた。

「あの、やってくれたら、店長のお願いごとも聞きます！　一ヶ月バイト代なしでもいいです、なんでもやりますから！」

頭を深々と下げると、今度は溜め息が聞こえた。

「おまえ、馬鹿だなあ。鈍いんだか鋭いんだか」

聞こえよがしな溜め息と一緒に、ぽん、と頭を叩かれる。

「今回だけだからな。バイト代は払うけど、お願いごとも聞いてもらう」

「えっ？」

咄嗟に断られたのか了承されたのかわかりかねて、晶真はぽかんと顔を上げた。根津は仕方ないなあ、という表情で頷いてみせる。

「だから、やってやるって。恋人のフリ」

「ほ、ほんとですか!?」

信じられない気持ちでカウンターごしに身を乗り出すと、「今回だけだからな」と根津は念を押して、照れくさそうに横を向いた。

「で、俺はいつ、その恋人役をすればいいんだよ」

「実は……今日です。このあと、貴裕が来るので」

「急だなあ。それで早く来たのか、晶真クンは」

「すみません本当に。俺掃除しますね。他に用事があればやりますし」

「掃除は頼むけど、あとはいいよ、いつもどおりで。デザインでも進めろよ」

やんわりと落ち着けと言われたようなものだったが、落ち着けるわけがなかった。

根津はきっとうまくやってくれるだろうと信頼できたが、貴裕がどんな反応をするのか不安だし、貴裕が諦めてくれたら、それはつまり、晶真の恋の終わりも意味する。

（……でも、終わらせなきゃ）

そうしたほうがいいんだ、貴裕のためなんだからと何度も自分に言い聞かせ、念入りに掃除をし、終わっていくらもしないうちに貴裕がやってきた。晶真は強張った笑顔で迎えた。

「いらっしゃい」

貴裕はじろりと晶真を見て、後ろの根津と見比べる。

「根津さん。いつから兄の恋人なんですか？」

「半年くらい前かな」

挨拶《あいさつ》もぬきに切り込んだ貴裕に、おもしろがるような声音で根津が答える。喧嘩腰の貴裕にはらはらして口をひらきかけた晶真は、後ろからぐいっと引き寄せられて息を呑《の》んだ。

「黙ってて悪かったな。おおっぴらに言えるようなもんでもないからさ」

腰に、根津の腕が巻きついている。かっと頬が熱くなって、晶真は俯いて口元を押さえた。ノリのいい根津がありがたい反面、恨めしい。

貴裕には自分の姿がどう見えるだろうと思うと、自分で決めたことなのにつらかった。

「……貴裕。もういいだろ、帰って」

俯いたまま晶真がそう言うと、貴裕は硬い声で「そうだね」と応えた。

「じゃあいいよ、俺も別の人とつきあう。これでも告白されるのはしょっちゅうだから」

「……うん」

そうだろうな、と思った。貴裕が落ち着いているから目立って騒がれるわけではないけれど、サークルでも貴裕がかなり好かれているのを晶真は知っている。

顔を上げられなくなった晶真の前で、貴裕はしばらく立ちつくしていたが、やがて、黙ったまま踵を返す音がした。

「また遊びに来てなー」

笑いを嚙み殺した根津の声がして、ドアが閉まる音が聞こえ、やっと腰から腕が離れた。晶真はいっそう俯くようにして頭を下げた。

「すみません、ありがとうございました」

「弟くん、可愛いね。反応がわかりやすくて」

根津は笑い、それから言い直した。

「ちょっと、可哀想だったかな」

その声には晶真を責めるような響きがあって、晶真はなにも言い返せずに拳を握りしめた。根津の手が伸びて、ぽん、と腕を叩く。

「弟くんに、告白でもされた？」

「――どうして、そんなこと聞くんですか」

「そうでもなきゃ、俺と恋人同士なんて嘘つく必要はないし、弟くんが確認に来る必要もないだろう。

……コーヒー、飲むか？」

最後は優しく聞かれて、晶真は頷いた。

カウンターの後ろの椅子にくたりと座って、夕方の客が増える時間までにはちゃんとしなくちゃ、と頭の隅で思う。水の中にいるみたいに息が苦しいけれど、自業自得だとちゃんとわかっていた。嘘をつく、と決めたのは自分だ。自分が失恋することを決めたのも、晶真自身だ。

根津はカップを二つ持って戻ってくると、「ひどい顔だな」と笑ってくれた。笑われたほうがずっと気が楽で、晶真もどうにか笑みを返してカップを受け取った。

「そんな顔するなら、キスくらいしてやればよかったのに」

コーヒーを飲みつつ根津はそう言って、晶真は顔をしかめる。

「馬鹿なこと言わないでください。兄弟ですよ」

「でも好きなんだろ」

「そりゃ好きですよ、だって自慢の」

「弟だからじゃなくて、好きなんじゃないの？　おまえのほうが、貴裕のことをさ遮《さえぎ》るようにさらりと言われ、晶真はすぐに「違う」と言えなかった。

やっぱり気づかれていたのだ、という気持ちと、まだごまかせる、という気持ちがせめぎあい、逡《しゅん》巡《じゅん》した挙げ句に、晶真は疲れて背中を椅子に預けた。

「——でも、弟です」

「そうだな」

今度は、根津も否定しなかった。晶真はふうっとコーヒーを吹いて、小さく波立つ表面を見つめる。

「……貴裕が、俺を好きだって思ってるのは、きっと刷り込みだから」

「どうして？」

「俺たち、血がつながってないから。貴裕はうちの家族に『混ぜてもらった』って思ってて、両親のことも俺のことも、恩人みたいに考えてるんです」

「そういえば、全然似てないもんなあ」

普段なら口にしない秘密にもかかわらず、根津はさほど驚いていない口調で呟いて、晶真は自嘲の笑みを浮かべた。

「似てないって言われるのが、ずっとすごく嫌だったんです。ほんとの兄弟じゃないってことを貴裕が気にしたら嫌だから。言われても貴裕は傷ついた顔なんかしないんですけどね。我慢強くて、わがままとか言わないし、優しいし——親なんて、俺より貴裕のほうが自慢なんですよ。ちゃらちゃらしてないし頭もけっこういいし、礼儀正しいってご近所でも評判なんです」

「大人受けがよさそうではあるよな」

「受けがいいだけじゃないです、貴裕はほんとにいいやつだもん。俺が落としものすれば一緒に探してくれたし、傘《かさ》忘れたら入れてくれるし、宿題もわかんないところはわかるまで教えてくれた。——そんな貴裕が両親を裏切るような真似、させられないですよね。兄としては」

笑って、晶真は同意を求めるように根津を見たが、根津は難しげな顔で首を傾げた。

「あいつが晶真とつきあったら、両親を裏切ることになるっていうのか？」

「そうです。だって、そうでしょう。貴裕は俺のこと好きって言ったけど——あんなの、ただ感謝の気持ちが強すぎて目がくらんでるだけで、ほんとに好きなわけじゃ、ないはずだもん」

「……」

「そしたら、貴裕がちゃんとした道に戻れるように、兄としてはするべきだと思うんです。貴裕は両親を悲しませたりしないで普通に、綺麗なお嫁さんをもらって、可愛い子供もつくって、死ぬまでみんなと円満に、嫌な思いしないで生きていってほしいと思うから」

「ゲイはやっぱり、不毛だってことか」

肩を竦められ、晶真は首を横に振った。

「他の人は、ゲイでも、もしかしたら血がつながっていても、幸せになれる人はいっぱいいると思います。でも……貴裕と俺が恋人同士になんかなったら、両親が後悔しないかなって思うんですよ、貴裕を引き取ったこと。そうなったら貴裕が一番つらいはずなんです。親がいなくなってよその養子になるって——家族をなくすって、すごくつらいことじゃないですか。一回そんな目にあってるのに、また家族を失わせたくないです。貴裕には、これ以上嫌な思いをしてほしくない」

それが、どんなにつらくても気持ちを抑えて貴裕と兄弟でいようとした理由だ。

晶真はただ、貴裕には幸せになってほしかったのだ。

二度と「兄弟になりたくなかった」と思わないでくれるように、最高の兄でありたかった。弥坂家の一員になってよかった、晶真の弟になってよかったと、心から思えるように幸せでいてほしくて

――最初の喧嘩のときから、ずっとそれだけを願ってきた。

自分勝手な欲望で、貴裕が好きだと言ってくれる「家族」を失わせたりできない。

カップを両手で持ち直し、晶真はコーヒーに口をつけた。ほどよい温度のコーヒーは、それでもいつもより苦く感じる。

「……だから、しょうがないんです」

「晶真が弟のこと考えて身を引きたい、ってのはよくわかったよ」

根津はカウンターにカップを置いて、晶真のほうに乗り出すように手をついた。

「それなら、俺とつきあおうか」

「えっ？」

晶真が驚いて顔を上げると、根津はにやりと笑ってみせる。

「弟に嘘ついたままより、本当のこと言ったんだ、ってほうがよくない？」

「……本当のことって？」

「これから俺とつきあっちゃえば、嘘にはならないだろ。俺はおまえのこと可愛いと思ってるし、知ってのとおりけっこう親切だし、寂しいならいくらでも慰めてやれるよ」

目を細めて思いがけないほど優しい表情で笑いかけられ、晶真は応えられずに根津を見返した。

（――つきあう？　俺と店長が？）

予想しなかった展開に晶真が口もきけないでいると、根津は微笑んだまま「こうしようか」と手を伸ばした。

「まずはデートしにいこう。難しく考えないで、しばらくお試しでつきあうってことでさ」

「お試し、ですか？」

「恋人のふりをしたお礼に俺の頼みごとも聞いてくれるんだろ？　だから、デートに行こうってのが俺の頼みごとってことで、一緒に出かけてくれればいいよ」

言いながら、根津の手がゆるく晶真の髪を撫でた。

「晶真は頑張り屋だと思うけど、なんでもかかえていっぱいいっぱいになることはないだろ。親切にしてくれる人間には甘えればいい」

「――でも」

「甘えるのは苦手じゃないだろ？」

くすっと笑われてもう一度髪を撫でられて、晶真は迷った末に頷いた。

根津が自分を恋愛対象として好きだとは信じられないけれど、今が、新しい環境に踏み出すにはチャンスなのかもしれない。貴裕を諦めるためにも、違うことをしてみるのは悪くない、はずだ。

晶真はそう考えて目を閉じた。できるなら泣きたかった。

貴裕に告白されて拒む、ということはつまり、完全に望みを失う、ということなのだ。胸の内でこっそり想うことも、もう終わり。

もちろんそれは、最初から幻でしかない、あってはいけない望みだったのだけれど、終わりがこんなかたちで来るなんて、想像もしていなかった。

火曜日の昼間の美術館は、思ったよりも空いていた。世界的な有名ブランドの秘蔵のアクセサリーや昔のドレスはどれも美しくて、満足するまでゆっくり眺めたあとは近くのオープンエアのカフェで食事をした。初夏の木々の瑞々《みずみず》しい緑色が青空によく映《は》えている。

「……絵に描いたみたいなデートですね」

「品行方正だろ」

根津は晶真の向かいで自嘲するように肩を竦めた。今日はサックスブルーのシャツを着ていて、二つボタンを外した首元に革のアクセサリーが覗いている。指には銀の指輪。ごく自然で、似合っていて、色は控えめだが地味という印象は受けない。

貴裕とは違うよなあ、と思いながら、晶真は笑い返した。

「でもおもしろかったです。黄色のダイヤモンドがついたドレス、全部本物使ってるってすごいですよね」

「昔の金持ちってやることが桁外れだよな。たまにはこういうアンティークも新鮮だろ」

「はい、楽しかったです」

根津とは話をするのも楽しい。趣味、というか仕事も共通だから、話題を選ぶ必要もなく、改めて、根津といるのは楽だなと思う。機嫌を損ねてしまわないかとびくつくこともなく、好きだと言われても逃げなくてもよくて、その気になればキスしたってかまわないのだ。

キス、と考えてこのあいだの貴裕の射るような眼差しと唇の感触を思い出し、晶真は慌ててオムライスを口に入れた。頬が熱い。

（……店長と、ああいうことするのは、全然想像つかない）

そっと根津を窺うと、ハンバーグサンドを遠慮ない仕草で食べていた根津が気づいたように晶真のほうを見た。変なことを考えていたせいでどきりとして固まった晶真に、根津はふっと優しく目を細めた。

「弟くんとは、どういうデートだったの？」

「……その話題って、反則じゃないですか？」

まだどきどきしているのに気づかれたくなくて、晶真がふくれてそう言うと、根津は「なんでだよ」と笑う。

「単純に、ちょっと聞いただけだろう。それとも名前を出すのも禁止なのか？」

「べつに、そういうことじゃないです。……デートしたことなんかないですよ。普通に、兄弟で一緒に出かけるってだけで」

貴裕の話なんて、と思いながら晶真はそれでも答えた。琥珀《こはく》色のアイスティーをストローでかき回して、思い出してしまった貴裕の眼差しと感触を追い払う。

「だいたい、その一緒に出かけるのもいつも俺から誘ってたし。子供の頃から貴裕って、自分からしたいこと言わない子だったんです。休みの日にどこ行きたいって聞かれても、兄ちゃんの行きたいとこでいい、っていう感じ」

「よっぽど晶真のことが好きだったんじゃないの」

根津は笑いもせずにかるい調子でそう言って、晶真はからかわれているのかそうでないのかはかりかねて根津を睨んだ。

「なんでそんなこと言うんですか。店長は俺の味方なの、それとも貴裕の味方なんですか」

「たしかに、なんでだろうなあ」

椅子の背にもたれて、根津は苦笑した。「でも、今日晶真が、一度も、不自然なくらい弟の名前を出さないからさ」

「――だって、一応デートでしょ」

「デートだから、前に好きだった相手の話はしない、って？　それって逆に言うと、相当意識してるってことだろう」

くすりと笑われ、晶真は言い負かされた気分でオムライスを頰張った。根津はつきあうようにサンドを食べて、「俺がもうおっさんだからかな」としみじみ呟く。

「恋敵を応援してやる必要はないいんだけどさ。晶真自身がそんなに弟を好きなのに、弟くんが晶真を好きだって気持ちまで、晶真が否定するのは可哀想だなあと思って」

「……否定は、してないです」

「してただろ。弟が自分を好きなのは刷り込みだとか、なんだとかさ」

「――」

「俺からみると、弟くんって相当健気だと思うんだよ。晶真が言うような落ち着いてて優しくて、っていうんじゃ全然なくて、ガキっぽくて一生懸命張りあって背伸びしてさ。晶真に大人びて見られたいから服も落ち着いた色ばっかりなんだろうし、俺には敵対心剝き出しだしね」

「敵対心?」

「まさか、本気で気づいてなかったのか? 俺にやたらつっかかってたじゃん、弟くん」

さらりと言われて、晶真はずきりとした。

貴裕が暗い色の服ばかり着る理由をそんなふうに考えたことはなかったし、根津にいつも失礼な口のきき方をするのも、どうして店長にだけああなんだろう、と思っていただけだった。

それが、全部晶真を好きだから、だったとしたら、貴裕に無頓着で鈍いと思われても仕方がない。

もしかしたら、一緒にいてしょっちゅう急に不機嫌になったのも、そのせいだったのだろうか。

貴裕の気持ちや意図がわかっていたとしても、応えてやることはできなかっただろうけれど――違う反応の仕方があったかもしれないと思うと、申し訳ない気がした。

「……俺、貴裕に、ひどいことしてたのかな」

晶真がぽつんと呟くと、根津は「さあな」と素っ気ない応えをした。

「俺は貴裕くんじゃないから本当のことはわからない」

「――」

「でも、長く一緒だと恋だと勘違いすることもあるし、晶真が勘違いだって言いたい気持ちもわかる。それでもおまえは、弟を好き、なんだろ？　ずっと一緒だった相手をさ」

晶真は黙るしかなかった。

本当に、どうして好きになってしまったんだろう。この気持ちも勘違いならよかった。つないだ手や、体温や――唇にどきどきするような、欲情してしまうような感情でないならよかったのに。

貴裕の熱と眼差しを思い出すと、じん、と胸の奥が痺れた。

「ま、他人が言うのは簡単だけど、実際は難しいよな。恋愛って頭でするもんじゃないし」

根津は小さくとりなすようにそうつけ加えた。晶真はきゅっと前髪をひっぱる。

「もし貴裕が俺を本当に好きだったとしても、俺の答えは同じです。ていうか、余計に駄目ですよね。貴裕が俺のこと好きで、俺も好きだよーって言って、それでめでたしめでたしになるわけじゃないもん」

「それはそうだな」

否定はせずに頷いて、根津は残りのサンドイッチを食べながら、独り言のように言った。

「恋をするときって、楽しいことだけ考えて好きになると、嫌いになれるのも早いよな」

話す根津の左手が右手の指のリングをそっと撫でていて、シルバーのそれはよく見ると葉模様が彫られていた。見たことないやつだ、とちらりと思う。

「こういうところが嫌い、一緒にいてもメリットがないって考えるときは、優先順位は自分にあるわけだ。でも、相手に優先順位がくると、他に犠牲にするものが絶対にできる」

「……そうですね」

頷きながら、実感のこもった根津の口調に、ふいに、彼が一人の人間だということが実感できて、晶真は複雑な気分になった。

店長、という仕事上の知り合いではなくて、根津には根津の生活がある。晶真と重ならない長い時間があって——本気かどうかわからないが晶真を好きだと言って、今こうして二人で出かけている。楽しいはずの時間は、けれど理性的で、模範的で、やむにやまれぬ熱とは縁遠い。

(デートのはずなのに、全然、デートじゃないみたいだ)

新品の服のように、気に入っているはずなのに身体になじまない、もどかしい感触だった。

根津は穏やかで、落ち着いていて優しいけれど、晶真を好き、という感じはそんなにしない。強《し》いて言うならただの友人同士のような空気だ。

根津は晶真を一瞥して、また自分の手元に視線を移した。

「たとえば晶真が、俺の気持ちに全然気づきもしないで『恋人のふりをしてくれ』って頼めたのは、俺より貴裕のことがずっと大事だからだろ」

さばさばした口調だったが、ちりっと胸が痛んだ。根津の優しさに甘えているのは事実だ。言葉につまった晶真に、根津は気にしていないというように首を振る。

「責めてるわけじゃない。まあ、これから俺のこと好きになってくれればいいんだしな」

「根津さんとつきあったら、楽しそうですもんね」

晶真は小さく微笑んだ。根津といるのは嫌ではないし、話をしていて楽しい。どことない違和感は二人でいることに慣れないだけかもしれないし、デートも回数を重ねたら、もっと楽しくなじむのかもしれない。

けれど、根津は優しい、と思うのに、どちらが好きかと聞かれたら、どうしてもまだ貴裕が好きだ。好きでいることがいけないとわかっていて、苦しくて——でも、好きだ。

「そのうち、二回目のデートに行こうか」

根津は本気なのかどうなのか、相変わらず晶真にはわからない笑い方をして、晶真も痛みを押し隠して「そうですね」と笑み返した。

どうなるんだろう、と思う。

しばらくの間は根津の優しさに甘えられても、いつかは決めなければいけない。

仕事も、好きな相手も、今日の夜になにを食べるかも、決断して選ばなければ前には進めない。先延ばしにすることはできても、選ばないわけにはいかないのだ。

誰を傷つけて、誰を守るのかも。

夕方に根津と別れ、自宅の最寄り駅でおりたところで、晶真は貴裕を見つけて立ちどまった。貴裕も気づいて足をとめかけ、思い直したように晶真の前までやってくる。

「貴裕、これから出かけるの？」

気まずさをごまかすように微笑みかけた晶真を貴裕は見下ろして、答える代わりに聞いてくる。

「あんたは？　デートだったの、店長さんとさ」

「……うん」

「楽しかった？」

「――うん」

「そう。よかったね」

貴裕の声に不機嫌な響きはなかった。予想したよりも冷静な声音に「あれ？」と思って晶真は貴裕を見つめ直した。貴裕は訝しそうに首を傾げる。

「なに？」

そう聞く様子まで、ごく自然な態度だった。いつもと違う、と思ってしまってから、晶真はこのほうが普通なのだ、と気づいた。兄弟なのだから、デートが楽しかったと言う晶真に貴裕が「よかったね」と返すのは、なにもおかしいことではない。

普通だ、ということはつまり、もう貴裕はふっきれた、ということなのだろう。

そう考えた途端、ずきん、と胸が痛む。

「……ううん。なんでもない」

まるで焼きもちを焼いて不機嫌になったり、寂しそうにしたりしてほしかったみたいで、情けないなと思う。自分がまだ好きだからって、貴裕にもそれを望むなんて虫がよすぎる。

（まだ好きでいてほしいって……思っててごめんね、貴裕）

自分から拒絶したくせにこんなことを思うなんて、どこまで欲深いのだろう。

謝れるのなら、謝りたいことはたくさんあった。貴裕には「いつも振り回す」とか「鈍感」と詰られたけれど、本当にそうだったなと思う。自分の気持ちで手いっぱいで、全然、いい兄ではなかった。

だからせめてこれからは、いい兄でいたい。

晶真は意識して貴裕を見つめ、微笑んでみせる。

「呼びとめてごめんね。急いでた？」

「べつに、時間決まってるわけじゃないから。用事で——夜は遅くなったら、友達のところに泊まるかも」

言葉を選ぶような貴裕の口調に、晶真は微笑《わら》ったまま手を振った。

「そっか。気をつけてね」

「――ん」

晶真の上げた手にわずかに頷くだけで、貴裕は駅の改札へと歩き去る。見えなくなるまでその背中を見送って、晶真も踵を返した。

パーカーの紐《ひも》をひっぱって、これでいいんだ、と思い込もうとする。

根津と出かけたのは楽しかった。貴裕の姿を見るだけで胸が痛むけれど、そのうち、根津を見つけたら気持ちが明るくなるようになれば、もっと穏やかに貴裕を見守れるはずだ。幼い頃のように、純粋な気持ちで。

「ずーっと、一緒だったよね」

懐かしさとせつなさで、晶真は小さく独りごちた。

遊んでいて一番楽しいのが貴裕で、自分より小さく引っ込み思案な貴裕の手を引ける自分が誇らしかった。貴裕が他の誰にも向けない笑顔を晶真にだけ見せてくれることも、宝物だった。怖いときは手を握りあうと勇気が湧いたし、クラスが離れても、他の友達と別れて自分のところへ走ってくる貴裕を見ると、嬉しさでわくわくした。貴裕の一番は自分だと信じていて、晶真の一番も貴裕だった。

子供じみた独占欲か、あるいは家族としての親愛の情。思えば、晶真は貴裕以外、好きになったことがない。子供らしい淡い初恋も、クラスの人気者の女の子にときめくこともなく、ただずっと、貴裕だけが大事だった。

キスしたいと思うのも、他の人を好きになったことがないからで、根津とキスするようになったら、これは恋じゃなかったのだと、目が覚めるのかもしれない。

そうだったらいい、と晶真は思って、独り、長い溜め息をついた。一度だけキスされた唇が痺れるように熱い。胸の奥は棘が刺さったように疼《うず》いて、ひどくせつない。

この気持ちが恋じゃなかったら、どんなにかいいだろう。


それから一週間、貴裕は一日も家に戻ってこなかった。

親には連絡を入れているらしく、「なんだか学校のことで、泊まりがけでやってるみたいよ」と母はのんびりしたものだった。

晶真は貴裕の不在を気にしないふりをしながら、進まない作業を少しでも進めるべく取り組んだものの、無事に完成したのはCM用のデザイン画だけで、自分でもがっかりした。

こんなに未練がましい性格だったっけ、と思いながら晶真は淡いグリーンのシャツに腕を通した。

午後九時。そろそろ両親が食事から帰ってくるはずだ。晶真たちが高校生になった頃から、両親はお互いの誕生日には二人で食事に行き、帰ってきたら家族全員でケーキを食べてお祝いする、という流れになっていた。

せっかくだからと黄色のネクタイもしめたところで「ただいま」と父の声が聞こえ、晶真は階下におりた。

「おかえりなさい」

「晶真、ただいま～」

ちょっと酔っているらしい母に抱きつかれて、晶真は笑ってその背中を叩いた。

「今コーヒー淹れるから座ってよ。可愛いケーキ買ってあるんだ」

「ほんと？　毎年ありがとね」

「わあ、ちゅうはいいって、やめてよもう」

ふざけ半分で頬にキスしてくる母に抵抗していると、貴裕もおりてきて、母は「貴裕～」と標的を変えた。ただいま、と同じように抱きつく母を、貴裕が微笑って抱きとめる。

晶真がその隙にリビングを抜けてキッチンでコーヒーメーカーをセットすると、父がついてきてコーヒーカップを出してくれた。

「晶真、お花も買ってくれたんだね」

「ううん、あれは貴裕。ケーキと花で分担したの」

「いい息子たちだなあ」

父は照れたように笑って、晶真も笑って「でしょ、すごくいい息子でしょ」と返した。

ほどなく機嫌のいい母をエスコートするように貴裕が連れてきて、全員が席につく。晶真は「お誕生日おめでとう」と言いながらケーキの蓋《ふた》を取った。

「あら、ほんとに可愛い。ハート型だわ」

「苺《いちご》とラズベリーと、ホワイトチョコのケーキだって。今ろうそくつけるね」

ケーキのろうそくに火をつけると、明かりは貴裕が消してくれた。みんなで「ハッピーバースデー」を歌い、母が吹き消して拍手して——なにもかもが、いつもどおりだった。

父が切り分けたケーキを一口食べて、母は晶真と貴裕を交互に見た。

「まさか、この歳になってもこうやってお祝いしてもらえるとは思ってなかったわ。うちは幸せね」

「もう、母さんてば大げさだなあ。プレゼントあげたら泣いちゃうんじゃないの？」

晶真はおどけて笑ってみせて、貴裕のほうを見た。頷いた貴裕はテーブルの下から包装された大きな箱を取り出して「どうぞ」と母に差し出す。

「なにかしら。こないだ研究室の若い子に、今でも息子たちがプレゼントくれるって言ったら感動されたのよ。明日はまた自慢しなくちゃね」

嬉しそうに母は包みを開け、中を見るといっそう顔を輝かせた。

「もう、よく覚えてたわねえ。これほしかったのよ、お米のパンも焼けるんだから」

「休みの日に使ってよ。パンが焼ける匂いっていいよね、俺焼きたて好き」

晶真は頬杖をついて母の手がホームベーカリーを撫でるのを見守った。嫌ってほど焼いたげる、と母が笑って、そっと目尻を拭《ぬぐ》う。

「やだな、ちょっと涙もろくなっちゃったわ。これ、晶真と貴裕で選んでくれたの？」

「うん。こないだ二人で買ったんだよ」

「あんたたちはほんとに、小さい頃からずっと仲良しだものね。晶真の反抗期だって、貴裕のおかげでたいしたことなかったし――二十歳になっても、こうやって母さんを大事にしてくれる、最高の兄弟よね」

涙ぐんだ母の表情は優しさと喜びに溢《あふ》れていて、晶真は微笑しながら胸の奥が痛むのを感じた。彼女を裏切らなくてよかった、という気持ちと、今もなお貴裕を諦めきれずにいる後ろめたさと、いずれは貴裕と普通の兄弟として接する日が来ると思う寂しさがないまぜになった痛みだった。

もう、今は、貴裕と自分は最高の兄弟ではない。お互いに近寄れずにぎこちないだけの、まるで他人同士だ。

(……違うか。意識してるの、俺のほうだけだもんな)

貴裕を窺うと、貴裕は母に同意するように優しい表情で彼女を見ていた。大人びて落ち着いた、男っぽさの感じられる横顔だった。

「俺は、母さんたちの子供になれて……この家族の一員になれてよかったって思ってるよ」

「そう言ってくれて嬉しいよ、貴裕」

父がやんわり笑いながら姿勢を正す。

「もしかして、決めたのかな」

「うん。二十歳《はたち》になったら、って言われてたから――俺の誕生日にはまだだいぶ早いけど」

貴裕も父に倣《なら》うように背筋を伸ばした。テーブルの上にあった手が膝に移されて、晶真は嫌な予感がして貴裕を見つめてしまった。

(決めたって、なに……?)

どきどきしはじめた晶真を一瞥もせずに、貴裕は平淡に続けた。

「とりあえず、一人暮らししようと思う」

「——そうか」

一瞬顔を見あわせた父と母が、それでも笑って頷いて、晶真だけが声も出せなかった。

「男の子だもん、一回一人暮らしするのもいいわね」

「離れて暮らしても、僕らが貴裕と家族だってことには変わりがないしね」

「ありがとう、母さん、父さん。——籍のことは、誕生日まで考えるつもり」

「うん。そうしたらいいよ。来年の三月まで時間はあるんだから」

父がにこにこして言って、晶真はようやく「待って」と掠れた声を出した。

「なに? 俺なんにも聞いてないよ。なんのこと?」

「晶真には言ってなかったね。貴裕との約束だから、貴裕が自分の意志で自由に決められるように内緒にしてたの。悪かったわね」

申し訳なさそうに母に笑いかけられ、晶真は忙《せわ》しなくまばたきした。母の横で父が懐かしそうに目を細めて補足してくれる。

「養子になるときにね。今は貴裕には選択肢がないかもしれないけど、二十歳になる頃には思うことも、考えることも増えるだろうから、そこでもう一回、戸籍の扱いについては話をしよう、って約束したんだよ」

「――そんなの、」

そんなの聞いてない、と子供のように駄々をこねたくなって、晶真は唇を噛んだ。

約束自体は当然の、仕方がないことだと思う。両親が貴裕のためを思って決めたのだということもわかる。こんなときでなければ晶真だって、知らされなかったことに傷ついたりはしなかっただろう。

けれど、大人になった貴裕が改めて考えて、一人暮らししたい、ということはつまり。

――つまり、晶真と他人になりたい、ということだ。

「そんな顔しないのよ晶真。貴裕だってまだ決めてないって言ってるでしょ。仲がいいのは素敵なことだけど、晶真ったらいつまでも貴裕にべったりなんだから」

たしなめるように母が言って、「さあ、コーヒーが冷めちゃうから食べましょ」と仕切り直すように手を叩いたけれど、晶真はなにも返せなかった。

頭が真っ白だった。

ケーキに機械的にフォークを刺しながら、遠くに聞こえる声が会話するのを聞く。

「それで、いつから一人暮らしするつもりなんだい？」

「実は部屋はもう決めてあるんだ。まだ未成年だから、はんこは捺《お》してもらわないといけないんだけど」

「頼もしいわねえ、貴裕は。最初の引っ越しのときの父さんより落ち着いてるじゃない」

……なごやかな笑い声に、自分だけ置いていかれた気がした。

どうしたって一緒に笑えるわけがなかった。ずっといい兄でいたいと、いなければいけないと、それだけを考えて我慢してきたのに、貴裕は呆気なくそれを覆そうとしている。

好き、と言われたときよりも、もっとずっと痛かった。

(——貴裕には、俺は、いらないんだね)


母の誕生日の二日後はCM衣装のプレゼンだった。初めて入る制作会社の会議室はこぢんまりしていて、並んだ人たちもスーツ姿は一人だけという、思ったよりも威圧感のない会議だったが、結果的に晶真のデザインは選ばれなかった。

秋の新商品の、チョコレートとりんごのお菓子のCMで、もらったコンテはチョコレート役の男の子とりんご役の女の子が出会って恋に落ちる、という短いストーリー仕立てになっていた。イメージしやすくて、晶真は男の子に赤いスーツを、女の子はりんごの花の精のように赤白ピンクでめいっぱい可愛いドレスにしたのだが、「違うものが出会って惹《ひ》かれあう」というコンセプトを一目では表せていない、と言われた。

「どっちも可愛いけど、似た雰囲気なんだよね。目線が分散されちゃうでしょう」と説明してくれた若いプロデューサーは「悪くはなかったけどね」とつけ加えてくれて、納得もできたし、いい経験になったとも思えた。

「落ち込んでるか？」

店へ戻る途中で、根津は晶真の顔を見てそう聞いてくれて、晶真は笑って首を振った。

「全然がっかりしてないって言ったら嘘になりますけど、勉強になったし、テレビ関係の人ってみんな格好がラフだなとかもおもしろかったです」

ためになった、とは思う。

でも、それとは別の次元で、なにもうまくいかないな、と思うのも事実だった。せっかくもらったチャンスも活かしきれず、イベントのための新作も思うように進まず――弟は、自分の傍から遠くへと離れていこうとしている。

きゅ、と前髪をひっぱると、ぽんと頭を叩かれた。

「どっちにしても、製作はおまえにも手伝ってもらうからな。小林のほうも先週の打ち合わせで買い揃えるもののリストは出てるから、買い出しも手伝えよ」

「もちろんですよ。繊維街行くの久しぶりだから嬉しいです」

安心させようと明るく言うと、根津は優しく目を細めて、今度は髪に触れてくる。

「このあと飯でも行くか。デートで」

「それはすごく嬉しいですけど」

笑ったまますするりと晶真はかわした。こんな気持ちのままでは、たとえ嘘からはじまった「お試し」にすぎないデートだとしても、根津にも申し訳なかった。

「今日はすぐ帰ります。弟の引っ越しの手伝いがあるから」

「へえ。弟くん引っ越しするんだ。一人暮らし？」

「そうみたいです。もしかしたら女の子と一緒かもしれないけど」

笑った晶真に、根津はしばらく黙ったあと、「じゃあ、飯はまた今度な。落ち着いたら」と言ってくれた。

根津と別れて一人になって、やっぱり優しい人だな、と晶真は思う。

根津になら、甘えられる。恋人同士になっても楽しく過ごせるのだろうと予想がついて、けれどだからといって、その優しさにこれ以上甘えるのは卑怯《ひきょう》な気がした。先に嘘をついたのは晶真だから、卑怯なことはできない、などと今さら言っても説得力はないけれど。

（でもまだ、じゃあ根津さん、って選べない）

選べない、というより整理しきれなかった。あと一針で完成するドレスのその一針を、どうしても進められないみたいに、終わることができない。

答えはもう出ているとわかっていて、信じたくないのだ。貴裕が本気で晶真と兄弟でいたくないと考えて、縁を切ってしまおうとしている、ということを。

本当は引っ越しの手伝いなどしたくないのに、それしか貴裕と同じ時間を過ごす口実がなくて、こうして家路を急いでいる。

帰宅してみると、貴裕は表にいて、傍に停まった小さいトラックから乗り出した友人らしき男と話していた。数分でトラックは走り去り、それを見送った貴裕が晶真に気づいて不審そうに眉をひそめるのがわかった。

晶真は努力して笑って手を上げる。

「ただいま。引っ越しの片付け、手伝うよ。——今の、友達？」

「うん。昨日部屋の契約できたから、当日はあの車で大きいもの運んでもらう。……あんた、今日仕事じゃなかったの？」

「仕事だったけど、手伝いいるだろ？」

晶真はことさらにっこり笑ってみせて玄関を開け、先に二階へと上がる。

「そんなに荷物があるわけじゃないから、手伝ってくれなくてもいいんだけど」

後ろをついてくる貴裕がぼそりと言って、晶真は振り向かないまま「そんなこと言うなよ」と明るく言った。

「貴裕が引っ越ししたら、顔見るのもめったになくなるんだから、最後の手伝いくらいさせてくれてもいいじゃん。エロ本盗んだりしないからさ」

「……そんな心配はしてない」

貴裕は溜め息混じりにそう言ったが、それでも部屋に晶真を入れてくれた。

「じゃあ、クローゼットの服やってくれる？」

「オッケーまかしといて」

勇んでクローゼットを開け、改めて眺めると、クローゼットの中は黒や紺、灰色、よくて白、という素っ気ない色揃えだった。晶真がこの前の誕生日に贈ったピンク色のシャツだけが浮いている。結局着ているところを見なかったそのシャツを晶真は手に取って、自虐的だと思いながら貴裕を振り返った。

「貴裕、このシャツどうする？」

「どれ？」

机を片付けていた貴裕が振り向いて、晶真の手元を見てふっと口をつぐんだ。俯くように手にした本を揃え直して、

「しまって。持っていくから」

小さくて早い、素っ気ない口調でそう言った。持っていってはくれるんだ、と、せつないような嬉しさで晶真も小声で「わかった」と応え、丁寧にたたんだ。

着てくれるといいなと思う。それが誰か素敵な恋人の隣でだったら寂しいけれど、でも着てくれたらやっぱり嬉しい。

「……貴裕は、いつから一人暮らししようと思ってたの？」

黙っていたらなんだか涙ぐんでしまいそうで、晶真はできるだけ朗《ほが》らかにそう聞いた。

「や、一人暮らししたい気持ちはわかるんだけどさ。俺もいつかはしたいなと思ってたけど先越されちゃったなあと思って、でもまあ実家が居心地悪いわけじゃないし、あんまり具体的には考えてなかったわけだけどさ」

「けっこう前からだよ」

後半のほとんど意味のない晶真のお喋りを流して、貴裕は淡々と言った。本かノートを段ボール箱にしまう鈍い音がして、晶真は顔を上げられないまま聞いた。

「それって、いつ？」

「──高校二年の、夏休み。あんたが俺を露骨に避け出したとき」

金属の箱を開ける乾いた音と一緒に突き放すように言われて、ずきんと胸が痛んだ。

最後の家族旅行のあったときだ。晶真が貴裕を好きだと自覚したとき。

好きだと気づいて、でも傍にいるためには兄弟でいなければと晶真が自分に言い聞かせていたときに、貴裕は逆に離れていこうと考えていたなんて、あまりにせつなくて──寂しすぎる。

「……貴裕、俺」

貴裕が嫌で避けていたわけじゃない。せめてそれだけでも告げたくて名前を呼びかけた途端、下から貴裕を呼ぶ母の声がした。

貴裕は手にしていた箱を置いて、なにも言わずに部屋を出ていく。階段をおりていく足音を聞きながら、晶真は溜め息をついて耳に触れた。やたらと熱い耳は、きっと赤いのだろう。弟の話をするときはいつも赤くなると、そういえば店長に言われたんだっけ、と思って、もう一度溜め息をつく。

こんなにどきどきしてしまうほど、まだ好きだと思う自分が恨めしい。

せめて、兄弟という関係だけでも守れたらいいのだけれど。あるいは、兄弟でいられないなら、我慢なんかしないで、好きだと言ってしまえばよかっただろうか。

（……今さら、だけどさ。貴裕、もう怒りもしないし）

不機嫌になってくれたほうが恵まれていたなんて皮肉だなと考えて、晶真はとにかく片付けを終えてしまおうとクローゼットに向き直った。灰色のTシャツを取って段ボール箱に入れようとして、ふと、貴裕が片付けていたほうの段ボール箱の脇に置かれた銀色の箱に気づく。

クッキーかなにかが入っていたのだろう金属の箱で、蓋は外れて斜めになったままだった。昔よく、こういう缶に集めた玩具《おもちゃ》を入れたりしたっけ、と思って、荷物に入れてやろうと晶真はその箱を持ち上げた。

落ちそうな蓋を押さえようとして、中に見えた赤いものにどきりとする。とまった手から蓋だけが滑り落ちて、床で甲高い音をたてた。

箱の中は、いかにも子供の頃の思い出の品、という雰囲気だった。大きな巻貝と、透明なケースに入った鉱石見本。どこかの鍵、アニメのマスコットキャラクターの赤いキーホルダー。それから、手紙らしい紙の束。

最初に目についたキーホルダーは昔お揃いで持っていたもので、懐かしかったけれど、それよりも紙の束の一番上にある色あせた鳥の絵はがきから、目が離せなくなっていた。

見覚えがあるそれを晶真はそろそろと裏返した。やっぱり、と思う。つたない字で書かれたアルファベットの宛先と「ＡＩＲ ＭＡＩＬ」の文字。手描きで、周囲が赤と青に縁《ふち》取られている。父の元に届くエアメールを真似して晶真が描いたのだ。貴裕が親と一緒に海外に行ったときに、手紙を送るからねと約束して、約束を果たそうとはりきって書いたはがきだった。宛名で場所を取りすぎて、肝心の手紙の内容は短い。

『はやく帰ってきてね』

「きったない字……」

くしゃっと顔が歪むのを感じながら呟いて、晶真はそのはがきを胸元に抱き寄せた。

抱きしめたい、と思う。貴裕を抱きしめたい。

自分でも忘れていたようなこの絵はがきを、取っておいてくれた貴裕を抱きしめたい。

嬉しくて、悲しくて、苦しかった。

兄弟だからとか、刷り込みだからとか、もうどうでもいいと思う。どんな理由にせよ、貴裕がずっと、晶真を大切に思ってくれていたことには変わりない。

嘘でなく、好きでいてくれたのだと実感できて、実感できた分、よけいにせつなかった。

こんなに好きでも、両思いにはなれない。

ぎゅっと目を閉じたとき、ドアが開いて貴裕が戻ってきた。

「新しいレシピでパン焼いたから食べてみてだって……兄ちゃん？」

ふわりと甘く香ばしい匂いと一緒に貴裕の声がして、晶真は顔を上げ、潤んだ目を悟られないよう大きく笑った。

「これ、持っててくれたんだ」

そうして差し出したはがきを、貴裕は表情を消して受け取った。

「……持ってたら駄目だった？」

「違うよ、懐かしいなって。勝手に見てごめん。キーホルダーも、お揃いでランドセルにつけてたやつだよな」

「あんたはすぐになくしたけどね」

「うん。……一緒に探してくれたよね」

笑おうとして、声が震えて、晶真はきつく唇を噛んだ。内側から気持ちが胸を叩いて、飲み込もうとすればするほど痛む。

（どうしよう、貴裕。兄ちゃん、おまえと離れたくないよ。……一緒にいたいよ）

そう言ってしまいたい誘惑で小刻みに震える晶真の手から、貴裕が銀色の箱を取り上げた。絵はがきを入れ、落ちた蓋を拾って閉めて、段ボールの中にしまう。その背中に、どうしようもなく声が零れた。

「――貴裕」

「なに？」

「……ほんとに、出ていくの？」

「うん。一緒には暮らせないでしょ」

「兄弟でいるのも嫌なの？」

「兄弟でいるのが、嫌なんだ。でもあんたは、兄弟じゃなきゃ嫌なんだろ」

言われて、違う、とは言えなかった。

そうだ。兄弟でいないと、いけないはずだ。

貴裕は小さく溜め息をつく。

「だったらしょうがないじゃん。ごめんね、物わかりがいい、優しい弟じゃなくてさ」

一瞬だけ、貴裕の手が晶真の耳元に触れた。

「……慰《なぐさ》められないから、泣かないで」

ひどくあたたかい優しい感触は本当に一瞬で、すぐに離れていく。

追うように晶真が顔を上げたときには、貴裕はもう背を向けていた。

「母さんからそれ、バナナブレッドだって。持ってってよ。あとは一人で片付けるから」

「――――わかった」

頷く以外になくて、晶真は机に置かれた皿を持って、貴裕の部屋を出た。キャラメル色をしたまだあたたかいパンはバナナのいい匂いがして、口に入れると優しい甘さが沁《し》みた。

ぱたん、と涙がパンの上に落ちて、晶真はそれを全部口に入れた。言えない言葉ごと、嚙み砕いて飲み込まないといけなかった。

そうしないと、子供みたいにわあわあ泣いて、貴裕を抱きしめて、世界で誰より貴裕が好きだと言って、だから行かないで、と言ってしまいそうだった。

「じゃあ、こういう感じで、全部で十六着、よろしくね」

「はい、わかりました」

台に並べたサンプルから一つを選んだ小林に晶真が返事すると、小林は気遣わしげな目を向けてきた。

「弥坂くん、睡眠時間削ってたりしない？」

「え、顔に出てます？」

晶真は半分おどけて、両手で頰を押さえた。

「実はそろそろ、ほんとに間にあわないんで、寝てらんないんですよね」

「元気ならいいけど、顔色よくないよ。もう少し寝たほうがいいんじゃない？」

「ありがとうございます。でも大丈夫です」

笑ったのに、横でトルソーにかけた布を調整していた根津までが振り向いた。

「そういや、昨日から元気ないな。熱があったりしないだろうな」

ひょい、と当たり前のように額に触られて、びっくりするよりも早く「熱はないな」と離された。

晶真は唇を曲げて乱れてしまった前髪をひっぱる。

「もう、急に触らないでくださいよ」

「心配してやったのにむくれるなよ、機嫌悪いのか？　あれだ、また弟と喧嘩したとか」

「してません」

「そういえば引っ越しするんだったな。もうしたんだっけ？」

作業に戻りながら根津はさほど関心のない口調で言って、晶真は使わなかったサンプルを片付けながらできるだけ普通に答えた。

「今度の週末ですよ」

「弟さん、一人暮らしするの？　さみしくなっちゃうね」

小林が横からのんびりとした口調でそう言って、晶真は言葉につまった。

「……そうですね」

その応じるまでのわずかな間で、根津は気づいたらしかった。再び晶真のほうを向いて、しげしげと顔を覗き込んでくる。

「よく見たら目が赤いな」

「その手にはもうひっかかりませんよ」

「ほんとだって。泣いたのか」

「店長には関係ないです」

「ないことないだろ。一応、おつきあい中だ」

根津は唐突に顔を近づけた。あっという間に唇を掠めるように口づけられて、晶真は慌てて身を引いた。

「なっ、なにするんですか！」

「なにって、慰めてやったんじゃないか。元気出せよ」

「慰めるって、だって、」

小林さんもいるのに、と口元を押さえて晶真が小林を見ると、彼は案の定呆然としていた。

「すみません、あの、」

咄嗟に謝りかけて、晶真は小林が自分を見ているわけではないことに気づいて口をつぐんだ。

「――つきあってるの？」

無理に抑えたような小林の声はざらついていた。根津は面倒そうに髪をかき上げる。

「今見ただろ」

「……そうか」

「新しい恋人ができると、けっこう変わるもんだな。毎日、それなりに浮かれていられる」

「そうか」

同じ相槌を返して、小林は眼鏡に触れて微笑んだ。

「それなら、よかった」

掠れてはいても、既にきちんと抑制された声だった。眼鏡に触れた手も震えてはいなかったが、晶真はその薬指の指輪に気づいて目をみはった。

透かし彫りの葉模様は見覚えがある。お試しデートのときに根津がしていた指輪も、同じ模様だった。銀色。小林によく似合う、すっきりと控えめな、端正な色。

(……そっか。店長と小林さんて——)

だから、小林がいつも晶真に対してどこか線を引いていたのか、と思うとひどく納得がいった。

納得がいくと同時に、それは少し寂しかった。

きっと、両思いだろうに——だっただろうに、どうして続かなかったのか。彼らになにがあったのか、晶真には知る術《すべ》もないけれど、小林とのことがあったから、根津は協力してくれたのかもしれない。彼自身が、ずっと好きな人がいるから。

(励ましてくれてたのかなあ、店長)

本当に優しい人だと思う。胸が締めつけられる苦しさは、共感にも寂しさにも似ていた。

小林はなにごともなかったように晶真の顔を見て、人のよい笑みを浮かべる。

「それじゃ、また来週来るね。弥坂くんもよろしく」

「はい。お疲れさまでした」

反射的に返事をしながら、晶真は根津を振り返った。根津は一言も発さない。

優しい笑みを浮かべたまま小林が店から出ていって、晶真は「店長」と声をかけた。根津はわざとなのか、背を向けながら「なんだよ」とぶっきらぼうに聞いてきた。その背中に、見えないとわかっていて、晶真は笑う。

「よかったです」

「……なにが」

「一方的に、俺が店長を利用した、みたいにならなくてよかったです。……よくはないかもしれないけど」

「よくはないだろ。全然、なにも」

「だって店長、俺のことべつに好きじゃないですよね」

「好きだよ」

間髪いれずに根津が答えたが、やはり晶真のほうは見なかった。ごまかすようにレジ脇の犬のぬいぐるみを撫でながら、根津は続ける。

「初めて見たときから、好きになれそうだと思ったよ。若いなあ、きらきらしてんな、って思って、こういうガキを可愛がれたら、楽しいだろうと思ったのは本当だ」

「そうなんですか？」

「そうだよ。――好きになれたらいいと、思ってた」

投げやりな言い方は諦めが滲んでいるように思えた。晶真は「じゃあ、そんなには好きになれなかったってことですよね」と笑う。

「おんなじですね」

「――そうか」

「俺も、根津さんのこと、好きになれたらよかったなあって思います。きっと楽しいだろうし、根津さん優しいし、大人だし」

「おまえの弟よりはな」

「うん。貴裕よりは」

繰り返して肯定して、晶真は深く頭を下げた。

「ごめんなさい」

胸がずっと痛かった。いろんなことが繊細な糸のようにつながって絡まり、ほどくこともできない。好きな人を好きでいられて相手にも好かれて、それが幸せに続くのは、奇跡的なことなのかもしれない、と晶真は思う。

「そう言われるだろうなと思ってたよ」

根津はやっと振り返った。

「諦めるのって、難しいよな」

「――うん。そうですね」

二人で顔を見あわせて笑うと、前よりも近しい仲間になったような気がした。

「でも店長、前に、諦めたくないときはまだ諦めなくてもいいんじゃないって言ってくれましたよね」

「言ったよ。なにしろ俺が未練がましい男だからな」

「未練がましいですよねえ、やっぱり、俺たち」

自嘲して、でも仕方がないと思う。誰にも威張れないけれど、褒められたことでもないけれど――苦しくても無理でも、つらくても、それでも「好き」という気持ちが消せないことは、きっとある。そう思えた。

晶真はぐっと背筋を伸ばして、切り替えるように声を張り上げた。

「じゃあ、買い出し行ってきます」

「よろしく」

手を上げた根津に見送られて店を出て、梅雨が近づいた曇天の下を歩きながら、心はだいぶ晴れやかだった。寂しいことには変わりがないが、これからどうするか決まったと思うと、気分は悪くない。叶わないからといって諦めるのは、きっととても難しい。だったら、今は諦めなくてもいいじゃないか、と思う。

きみのことが可愛いんだと思うよ、と言った小林。

お守りのように根津がつけていた指輪。

並んで歩くときに二人とも極彩色だったら悪目立ちする、と言った貴裕。

そういうとこ嫌い、と背けられた横顔。

俺を呼べよ。呼べば行くよ。

兄弟になんてなりたくなかった。

慰めてあげられないから、泣かないで。

不器用な言葉の裏側に隠された気持ちを思うと、仕方ない、と思えた。理屈でも理性でもない、どうしようもない「好き」という気持ちは、仕方がない。

(——貴裕)

慰めてもらわなくてよかった。

ただ好きなだけだから。叶わなくても、ずっと嫌いになんかなれないから。貴裕にいらないと思われても、貴裕が晶真にとって大切な人間には変わりない。

「俺、これから先もいい『兄ちゃん』でいるから、だから、こっそり好きでいるのだけは、許してよね、貴裕」

決意を込めて、晶真は小さく独りごちた。

一生苦しいままでいい。一時期の誘惑に惑わされて、貴裕の本当の幸せを壊してしまうくらいなら、晶真自身はずっと報われないままでよかった。

平均寿命まで生きるとして、あと五十年以上は生きる計算だと思うと、よりどころの一つや二つはほしくなるよね、と晶真は思う。たとえば結婚指輪みたいな。つながっていますよ、と誰からもわかる印とか、あるいは誰に見せなくてもお守りのようなものがあったら、それを頼りに頑張ることもできる。

「というわけだからさ貴裕、今日は買いものに行こうよ」

朝八時、まだ寝ていた貴裕の部屋に乗り込んで布団を引きはがして、晶真はそう言った。無理に起こされた貴裕は顔をしかめる。

「なにが、というわけ、なの？」

「熟考の結果、新居のためにいろいろ買う必要もあるだろうから、兄ちゃんが見立ててやったほうがいいという結論に達したから」

「……そんなこと言った？　今」

「言ったよ、貴裕が寝てるの見ながら、ちっちゃい声で言って、それから起こしました」

「意味のわかんないことしないでよ……」

貴裕は深々と溜め息をついて寝癖のついた髪をかき上げた。晶真はめげずに続ける。

「ねえ、買い出しくらいいいじゃん。一緒に出かけるのなんて、もう最後かもしれないんだしさ」

そう言うと、貴裕は意図を探るように晶真を見つめてくる。晶真はにっと大きく笑ってみせた。

「天気もいいし、ちょっとくらいは買うものあるだろ。どこでもつきあうから」

「――わかった」

貴裕は諦めたように頷いて、やっとベッドから起き出した。

「支度するから待ってて」

「うん。下でご飯食べてる」

ほっとして貴裕の部屋を出て、晶真は廊下で小さくガッツポーズした。絶対に嫌だと拒否されたらどうしようと思っていたのだが、思ったよりすんなりオーケーしてもらえた。

「あとは、買いものして。ごはん食べて。最後はアレ、と」

事実だけ見れば、兄弟で用事のために一緒に出かけているという構図だけれど、晶真にとってはデートのつもりだ。大事な相手と二人で過ごす楽しい時間を堪能して、それを指輪みたいにずっとしまっておこうと思う。

一時間後、無事に貴裕と連れ立って電車に乗って、都心まで出向いた。一通り揃いそうな大型店に入って、二人で売り場案内を見る。

「まだ買ってないものある？」

「絶対必要なものはもう揃ったし、あとはゆっくり買うつもりだったんだけど」

「食器とかは？」

「それはだいたい、友達からとか、母さんが分けてくれた分で足りる。一人だから」

「じゃあ布団とか」

「それも家から持ってく」

そう言ってから、貴裕はちょっと上を向いてつけ加えた。

「……シーツと、フライパンは買おうかな」

「シーツとフライパンな、よし！」

勇《いさ》んで目当ての階に向かって、シーツとフライパンを買ったあとは、せっかくだからと貴裕をひっぱって、シリコンスチーマーやアロマポット、イルカの抱き枕を勧めて断られ、最後には「俺がどういう生活すると思ってんの？」と呆れられたけれど、ゆっくり時間をかけて買いものするのは楽しかった。

途中でこっそり買おうと決めていたものも買って、食事をして、ついでだからと強引に服や本、テレビや扇風機を眺めて、なんとか予定していた四時過ぎまで貴裕を連れ回したところで、晶真はさりげなく切り出した。

「最後にさ、もう一か所だけ、行きたいところがあるんだけど」

「どこ？」

「公園。家の近くでいいから」

そう言うと、貴裕は一瞬迷う顔をした。「なに？」と聞き返すと、溜め息をつく。

「荷物ができたから、新居のほうに帰ってそのまま泊まるつもりだったんだけど」

「――あ、」

ふっ、と楽しい気持ちがとぎれて、晶真は慌てて表情を取り繕った。

「そっか、そうだよな。じゃあ、この近くの公園でいいや」

「それならいいけど」

訝しそうにしながらも貴裕は頷いて、駅とは逆方向の大きな公園に向かった。

人気のない、邪魔にならなそうな場所を選んで、そこで晶真は買っておいたものを袋から取り出した。手に持ってやる、玩具花火だ。

「これ、やろうよ」

「……なんで花火？」

「季節外れだけどさ。貴裕覚えてない？　旅行に行ったとき、家族みんなでやったじゃん。父さんが急に花火がしたいとか言ってさ」

花火と一緒に買った小さいバケツに水を汲み、ろうそくを立てて、晶真は花火を貴裕に差し出した。

貴裕は少し迷って一本選び、火をつける。

青と緑の火花がぱらぱらと飛び散って、晶真は自分も火をつけてしゃがんだ。初夏の夕方の公園は明るくて、明るい中で見る花火はどこかもの悲しい。

「あれ、けっこう楽しいなあと思ったんだよね。それ思い出したら、懐かしくてやりたくなったの」

「——そうだね。楽しかった。いかにもうちの家族っぽくて、ほのぼのしてて」

「なー。俺父さんのああいうとこ、けっこう好き」

しゅーっと音をたてる花火を見つめながら、頑張れ俺、と晶真は自分を励ました。震えない、泣かない、決めたことは全部言う。

頑張れ、ともう一度はっぱをかけたとき、貴裕のほうが口をひらいた。

「写真、撮っておけばよかったね」

「写真？」

「あの日さ。みんなで、撮っておけばよかったなと思って。結局あれが最後の家族旅行だったし」

貴裕は新しい花火に火をつける。晶真と同じようにしゃがんで見つめる横顔はあの日よりもずっと精悍《せいかん》で、今は笑わずに、静かだった。

「もったいないことした」

ぽつんとつけ加えられた声にぎゅっと喉がつまって、晶真は自分の手元に視線を戻した。

「また行けるよ」

ちゃんと笑えてるだろうか。変な声に、なってないだろうか。

「貴裕はどうかわかんないけど、俺は貴裕とずっと一緒にいられてよかったし、……もし、兄弟じゃなくなっても、気持ちだけは、おまえの兄ちゃんでいたいって、思ってるから」

「――」

「もし、全然会わなくなっちゃってもさ、……ずっと、おまえが幸せだったらいいなって、祈ってるから」

もう無理だ、と思うより早く目尻から涙が零れそうになり、晶真は見られないように乱暴に拳で拭った。

最後はかっこよく握手しようよ、と笑うつもりだったのに、とても貴裕の顔が見られない。でも、せっかく自分で用意したチャンスをふいにするのも惜しかった。

ごしごしと何度も顔を擦って、晶真は立ち上がって右手を差し出した。

「……なに？」

「握手」

「握手？」

「ん」

俯いたまま促すように手を差し出し直すと、貴裕は「……いいけど」と呟いた。

迷うような間をおいて、そっと手が触れる。

瞬間びくりとしてしまった晶真に気がついただろうに、貴裕はなにも言わずに握りしめて、ゆるく上下に振ってから、触れたときと同じようにそっと離した。

「これでいい？」

「……うん」

「なんで泣くの？」

呆れたような声で問われて、また目が熱くなる。なんでもないよとか、泣いてるわけじゃないとか、ごまかす言葉を言うこともできずに、晶真は「だって」と呟いた。

「だって——寂しいよ」

今日だけごめんなさい、と思う。神様も、母さんも父さんも、貴裕の両親も貴裕も、今日だけわがままを言う自分を、見ないふりをしてほしかった。今日だけ。二度とは言わないから。

「……俺は、おまえのことが世界で一番好きだもん。好き、だから、離れたくなんてないよ」

貴裕が戸惑うように黙る。晶真はどんどん潤む目を何度もまばたいて声を押し出した。

「貴裕とずっと一緒にいたかったよ。貴裕には絶対幸せでいてほしかったから——貴裕が家族を好きだって思ってくれるなら、それは絶対守らなきゃいけないし、誰にも自慢できる人生を送ってもらうためだったらなんでも我慢できるって思ってたよ。だって俺は兄ちゃんだから。大好きな弟のためなら、好きって言えなくても、すごい寂しくても、苦しくても我慢できるって、」

拭うより早く涙が落ちて、晶真ははっと声を呑み込んだ。ぽろりとこぼれてしまった本音に呆然とする。

言ってはいけない単語を口にしてしまった。今ならまだごまかせるだろうかと考えかけて、馬鹿みたいだ、と力なく思う。みっともなくて消えてしまいたかった。

「……ごめん。忘れて」

啜り上げて掠れた声を押し出すと、貴裕が身じろぎして、足の下で砂が小さな音をたてた。どきりとした途端に頬に触れられて、指先が涙を拭う。竦みかけた身体を貴裕はゆっくり抱き寄せて、晶真は彼の胸を押し返そうとした。

「離せよ……っ」

「首まで真っ赤」

「……しょうがないだろ……っ」

「晶真は、本当に俺のこと、弟としか見られない？」

「――っ」

「俺は言ったよね。ずっと好きだったって」

すぐ傍で声がする。ひどく懐かしい呼び方をした貴裕はもう一度晶真の涙を拭って、確かめるように顔を覗き込んでくる。

「晶真が今言ったのは、俺が言ったのとは違う好きなの？　それとも同じ？　我慢しなきゃって思うなら、それって同じ気持ちだってことじゃない？」

追いつめるように貴裕は囁いて、今度は唇に触れた。ざっと背中を熱いものが走り抜けて、晶真は耐えきれずに目を閉じる。声なんか出ない。

「もし、違ったら、ちゃんと言って。おまえの勘違いだって」

注意深く、ひとつひとつ確かめるように貴裕の指が頬からこめかみを撫でて、顔を包むようにして持ち上げる。

「黙ってるなら——キス、するから」

囁きと息が唇に触れた。

声は出せなかった。突き離すはずの晶真の両手は勝手にぎゅっと丸まって、貴裕のシャツを握りしめてしまう。そのあいだに乾いた唇が押し当てられ、泣くのをとめようとひらきっぱなしだった晶真の熱っぽいそれを舌が舐めて、ついばんでいく。かすかに離されて重ね直されて、大きく震えてしまうと、背中を強く抱きしめられる。

「——好き」

抱きしめた背中を撫でてくれながら、貴裕が子供みたいに短くそう言った。

「晶真は?」

「……っ、たかひろ、」

「逃げなかったから、嫌いじゃないよね。それであってる?」

駄目だよ、と言わなければいけないのはわかっていた。

でも、言ってももう無駄なこともわかっていた。

晶真を抱きしめている貴裕の身体は熱く、触れあった胸から速い鼓動が伝わってくる。背中を撫でる手にも抱きしめる強さにもいっぱいに気持ちが込められて、きっと抱きしめられた晶真の身体が同じように熱いこと、小さく震えていることも伝わっている。

縋《すが》るような抱きしめ方をする貴裕を突き飛ばすなんてできないし、本当は——心の奥底では、晶真もずっとこうしたかった。

「ごめ……貴裕、ごめん、俺」

「なにが、ごめんなの?」

「——貴裕を、幸せじゃなくしちゃう、のに……」

額を貴裕の肩に押しつける。

「好きで……ごめんね」

「晶真は、一個間違えてるよ」

骨っぽい指が一度晶真の髪をかきまぜて、それから貴裕は晶真の顔を覗き込んだ。

「俺は、母さんと父さんには感謝してるし、家族として大好きだし、家族になれてよかったと思ってるよ。でも」

黒い硬質な宝石めいた目が、強い光を浮かべて晶真を見据えてくる。鼻先の触れあいそうな距離で、貴裕は唇を淡い笑みのかたちにした。

「……でも、それも晶真がいなかったら意味ないんだ。誰に好かれても、尊敬されても羨ましがられても、そこに晶真がいなかったら、俺は全然幸せじゃない。だって俺は、晶真が、晶真だけが好きだから」

「――貴裕」

「だから、俺を幸せにしたいなら、傍にいてよ」

薄く、甘えるような笑みを浮かべているのに、貴裕は獰猛《どうもう》な獣のように見えた。餓《う》えたような眼差しに射すくめられ、もう一度唇を塞がれる。

熱っぽい口づけにからからとなにかが崩れていく音を聞きながら、晶真は引きずられるようにして、貴裕の背中を抱きしめた。


見慣れないワンルームの部屋は、新しく買った家具が二つあるだけでがらんとしていた。小さめなテーブルの脇を通り、奥のソファーベッドに半ば強引に乗せられて、うわっと思ったときにはもう噛みつくようにキスされていた。

「っ……ん、ぅ……っ、」

口の奥まで舌が滑り込んで、瞼の裏がちかちかする。苦しくて晶真は身を捩《よじ》り、自分を押さえつける貴裕の腕を叩いた。

「――なに？」

余裕のない、ほとんど不機嫌な顔をした貴裕に見下ろされ、晶真はごくんと喉を鳴らす。

「や、あの、」

「今さらやだとか言わないよね。薬局寄ったときも黙ってたじゃん」

「……だ、駄目じゃないけど」

頂点まで高まった熱は少し落ち着いて、改めて思うとなにも改善してはいないな、と思う。それを思うと怖いような不安はある。貴裕は「晶真だけいればいい」なんて言うけれど、それでは晶真が納得できない。両親にはやっぱり顔向けできないし、貴裕の本当の両親にも、申し訳ないと思う。

でも、一秒も我慢できない、みたいな目をした貴裕を見ると、今はただ、貴裕のことだけを考えよう、と思えた。貴裕と、自分のことだけを。

「ごめん。駄目じゃ、ないよ」

言い直して手を伸ばすと、貴裕はほっとしたように今度はやんわり口づけてきた。

晶真もおそるおそる自分から舌を差し出した。舐めあうと、びりっと身体が痺れる。すごい気持ちいいかも、と思ってうっとりした晶真は、忙しなく服をまくり上げられてまたびくりとした。

「えっと、あ、そうだ、貴裕あのさ」

「今度はなに?」

「ええと、これさ、なんていうか、俺があれじゃなくて、貴裕が、その、やるほうなの?」

「――されるの、嫌なの?」

貴裕はとめてしまった動きを再開して、晶真のTシャツを脱がせにかかる。服を脱ぐのに異論はないのでおとなしく協力して、「だってさ」と晶真は言った。

「こういうときはやっぱり年長者がリードするもんじゃないかと思うんだけど」

「違うよ。こういうのは、先に好きになったほうがリードするんだよ」

「――そうなの？」

「俺が読んだ資料ではそうなってた」

ごく真面目に貴裕はそう言って、ちゅ、と晶真の頬にキスした。

「だから、おとなしくしててよ」

するりと脇腹を撫で上げられて、てのひらのあたたかさに晶真は首を竦める。

「でも、先に好きになったほうなら、俺だと思うけど……」

「そんなわけないだろ。晶真が自覚したのいつだよ」

「――あの、花火のとき」

「ほらね。俺中学のときにはもう晶真で抜いたもん。残念でした」

ふ、と勝ち誇った顔をして、貴裕は今度は喉元にキスしてくる。吸いつかれるわずかな痛みに口元を覆いながら、晶真はもうキャパオーバーだ、と思った。

押し倒されるし抜いたとか言われるしよくわからないが資料も読んだと言い放つ貴裕は、全然知らない男みたいだ。

でも、それほど強く想われているのだ、求められているのだという実感は、魔法のように晶真の意地をとろかした。

(どっちでも、いいや……貴裕が、いいなら)

晶真が力を抜くと、貴裕は気づいたようにキスをやめた。

「いいの？」

「……うん」

「ありがと」

短い声には素直な甘えが滲んでいる気がした。それにどこことなくほっとして、晶真は小さく笑う。

「貴裕がよければ、俺も嬉しいから」

「大丈夫、晶真も気持ちよくしてあげる」

貴裕も微笑み返して、そういう意味じゃないんだけど、と思いながら晶真は貴裕が自分の腹に触れるのを見つめた。下から、上へ。触れるか触れないかのやわらかい手つきで、自分の肌を貴裕が愛しんでいる。

「……手も、似てないね、俺たち」

ぞくりとするのをごまかすように晶真が呟くと、貴裕が顔を伏せて鎖骨に唇をつけ、「似てるところもあるよ」と呟き返した。

「っ……、どこ？」

「ニンジン嫌いなとこ」

「っ、」

噴き出しそうになって、同時につうっと胸に舌が這《は》い、晶真は顎を上げて声を殺した。舌は熱くて、舐められた場所は濡れて冷たい。半ば埋まった乳首を尖らせた舌先で弄られると、生々しさに震えが走った。

「両親が好きなのも同じだし」

片手で晶真の肩を押さえただけで簡単に動きを封じている貴裕は、好き勝手に晶真を舐めながら囁く。

「誕生日は月が違うけど九日で一緒で、意地張っちゃうところも似てて」

掘り出された乳首はとろとろに唾液をまぶされて、じんじん痺れて、もどかしさに自然と腰が揺れてしまった。男なのに乳首が気持ちいいなんて恥ずかしい。それに、年下のはずなのに、貴裕の愛撫は的確で、怖いほど物慣れていて、晶真は悔しさとときめきでどきどきした。

「ね、そこばっか……やめ、ようよ、ん、あっ」

「感じやすいね、ここ」

「……っ、あ、ああ！」

嚙まれた。ひくっと波打った晶真の腹を、貴裕が手の甲で愛しそうに撫でる。

「ブラコンなとこもそっくりだけど、晶真のほうが百倍可愛くて、綺麗だ」

「やめっ……噛、ま、」

たっぷり濡らされて勃起した乳首を歯でひっぱられると、ずきりとするほど明確な快感が下腹部まで響いた。無意識に逃げようと晶真は身体をよじり、膝を立てて上にずり上がろうとして、ぐっと体重をかけられる。

「駄目だよ、兄ちゃん。我慢して」

「……は、……っん、」

膝でゆるく晶真の性器を擦りながら、貴裕はわざとのように「兄ちゃん」と呼んで、じらすように唇の端に口づけた。

「ずっと、こうしたかったから——いっぱいさせて？」

「あっ……あ、」

疼くように分身が熱い。布越しの刺激はもどかしくて、それがよけいにつらかった。

「たかひろっ……あ、……あっ」

縋るように貴裕の腕に手をかけると、「もっと？」と聞きながら貴裕はジッパーを引きおろした。

「ここ、もっと触られたい？」

「——ん、もっと……、あ、あっ」

答える途中でそろりと手で撫でられて声が跳ねた。でも、まだ下着越しだ。貴裕はてのひら全体でそこを包み込んで溜め息をついた。

「けっこう、大きい——見てもいい？」

「っ、ばか……っ」

「駄目って言っても見るけど。六年以上ほとんど毎日だから、軽く二二〇〇回くらいは想像してたから」

囁く貴裕の口調が速い。声に混じる息は熱っぽくて、こんなときなのにちょっと可愛い、と晶真は思った。

「俺は、ずっと、駄目だって思ってたのに」

手を伸ばしてそっと貴裕の頬に触れてみる。ぼうっと熱い皮膚。

「最高の兄ちゃんでいたい、って思ってたんだけどな」

「——晶真は優しいよね」

貴裕は晶真の手を取って指先に口づけた。そうしながらまっすぐに晶真の目をみつめて、かすかに照れたように笑う。

「そんなに晶真が俺と兄弟でいたいなら、キスもする兄弟になったらいいんじゃないかな」

「……キスもする兄弟？」

「そう。キスもして、恋人でもある兄弟なんだよ。俺たちだけ、特別なんだ。——それじゃ駄目？」

そっと窺うように言う貴裕の声は秘めやかで、優しかった。こんなときまで、晶真の願いを叶えようとしてくれるのだ。あまいように、苦しいように身体の奥が疼いて、晶真は溜め息をつく。

「そんなに、俺のこと……好き？」

「うん――あんたを、独り占めしたい」

匂い立つような雄《おす》の色香をにじませて、貴裕が眺め下ろしてくる。熱っぽい視線にさらされて、晶真の喉がこくりと鳴った。

ついさっきまでは、男なのにとか年上なのにとか、そういうういたたまれなさと恥ずかしさがまだどこかに残っていたのに、それを全部吹き飛ばしてしまうくらい、貴裕は情熱的に、きらめいて見えた。

たった一人、晶真の大事な――幼馴染みで弟で、家族で、大好きで、ほしいと願う人。

声も出せずに見つめていると、貴裕はそっと顔を近づけて、唇を塞いだ。

肉感的な唇のあいだから舌が差し込まれ、舐められながら下着ごとジーンズを引き下げられて、晶真はそれを自分で蹴り飛ばした。貴裕と抱きあいたい。触れあいたい。薄い布一枚だって挟まずに、貴裕がほしい。

貴裕の手が太腿を撫で上げて大切そうに性器を握りしめてきて、晶真は彼の首筋を抱き寄せた。大好きだ、と思う。

誰よりも、好き。

だから、本当はきっと、お互いの関係の名前はどうでもいい。特別だと、他でもない貴裕が言ってくれるのだから。

「貴裕も、脱ぎなよ」

「――ん」

キスして、片時も離せないというように晶真の身体に触れながら、貴裕が服を脱ぎ捨てる。露わになった厚みのある身体と自分の肌が触れあうと、自然と溜め息が洩れた。

なんで早くこうしなかったんだろう、と思うほど気持ちいい。

貴裕のてのひらが性器の根元から奥へ滑っても、もう怖さも不安もなかった。触れられたことのない会陰の襞《ひだ》を指で探られて、両手でぎゅっと尻を揉まれて、狭間のすぼまったところを押し上げられる。

「んっ……っ」

一瞬呑んだ息を宥《なだ》めるように、貴裕が再びキスしてくれる。

「初めてだと、ちょっと時間かかるけど」

「――え？」

「ここ、慣らすの。痛くないようにするから、我慢して」

言って、貴裕は真新しいチューブを開けた。ぎょっとするほど大量に絞り出した半透明のジェルを、ぬるりと晶真に塗りつける。

「うわっ……」

「これけっこう、よさそうだと思って買ったやつなんだけど。どうかな」

「よさそうって、わ、……ぅっ」

入り口を弄られてくすぐったい感触に声をあげた途端、指を押し込まれて晶真は呻いた。さっと一瞬身体から熱が引き、内側にくっきりと感じる貴裕の指を意識すると、反動のように熱くなった。

「うん、……入る」

「待っ……あ、――あ、は……っ」

中が動く。小刻みに揺れながらゆっくり深くまで指が埋まって、肌がざわざわした。貴裕は丁寧に指を行き来させ、それから二本目も、慎重に押し入れた。

「ん――っ」

熱と冷たさが交互に波のように押し寄せて、額に汗が浮く。貴裕は眉をひそめて、空いた手で張りついた髪をかき上げてくれた。

「痛い？」

「う、うん……っ、あ、」

懸命に首を横に振ったら、身体がうねった。痛いわけではなかったが、普段感じることのない異物感はともすれば気持ち悪くなりそうだった。

それがぎりぎりで、貴裕が指を動かすたびに、ぞっとするような目眩を呼ぶ。

そこだけ別の生きものになったようにむずがゆく、もどかしく、自分でどうにもできない。

「痛くなくてよかった。想像してたよりきついけど――ひくひくしてて、可愛い……俺のほうが、どうにかなりそう」

貴裕は息をついて唇を舐め、深くまで入れた指を揺すって、引き抜く。ぞくりと晶真の身体が強張ると、抜けかけた指がまた押し込まれて、晶真はがくがく震えた。

リズミカルに動かされるとくちゅ、くちゅと水音がする。貴裕はもう一本指を増やして同じように動かせるまで慣らすと、ようやく、晶真の脚をすくい上げた。

とん、と硬いものを押しつけられて、ほとんどほっとする。自分だけがはしたなく喘《あえ》がされるより、貴裕も興奮していると実感できたほうがずっといい。

「いくよ。――大丈夫？」

「――平気だよ。兄ちゃんだもん」

身体中で息しながら笑ってみせて、晶真は貴裕の首筋に腕を巻きつけた。

ひらいたことのない角度に晒《さら》された股間に貴裕の性器が滑って、宛てがい直されて、一呼吸おいてから、それは割り裂くように入ってきた。

「……っ！」

さすがに、全然痛くない、とはいかなかった。痺れるような痛みと入り込んでくる凶暴な熱さで、かかえられた膝ががくがくする。痛くない痛くない痛くない、と繰り返しながら晶真は何度も息を吸って吐いて、くん、と突かれた瞬間はまったく無防備だった。

「――――っ」

長い、悲鳴にもならない声をあげて晶真はのけぞった。一瞬で感覚が真っ白になり、貴裕に同じ場所をもう一度ぐりっと押されて、今度は真っ赤に視界が染まる。

「あ……っ、あ、ああっ！」

「ここ、いいらしいんだ。……とっといたんだけど。気持ちいい？」

「……っ、や、あ、あァッ……！」

まだびりびりと痛いのに、それ以上に痺れるような快感が、擦られるたびに走り抜ける。気持ちいいよね、と満足げに呟く貴裕に応えることもできなかった。

貴裕はしばらくそこを刺激するように小刻みに刺激して、それから一気に深くまで突き入れた。

「あ――――っ」

「っ、く、」

すぐ耳元で、苦しげに貴裕が声を殺した。ぬるりと指が晶真の分身に絡みつき、そこがひどく濡れていることに気づく。

けれど、濡れているのはもうそこだけではなかった。

汗は全身に浮いていて、感覚的には身体の中もぐっしょりと濡れているみたいだった。ずしゅ、とさっきより生々しい音をさせるつながった場所も、もっと奥も、――たぶん胸の中、心の中もびしょびしょに溶けている。

「あ……たか……あ、っん、」

最初に刺激された場所は強烈によかったけれど、奥はもっと死にそうによかった。ありえないほど深く貴裕を受け入れていると思うと、たまらなく幸せで、晶真は恍惚《こうこつ》としてしまう。内臓が全部揺すり上げられて、どちらかといえば乱暴なほどのその感触が、愛しい、と思った。

「ずっと、」

呻くようにしながら、貴裕が囁く。

「ずっと、兄ちゃんと――晶真と、こうできたら、いいって思ってた」

貴裕から滴った汗が自分の上に落ちるのを奇妙にはっきり感じながら、じりじりせっぱつまっていく熱を追う。

「こうやって、つながって――誰にも渡さないですめばいいのにって」

「……貴裕」

「ずっとだよ」

もどかしげに腰を打ちつけて、キスしたそうに顔を近づけて、貴裕が言う。

「晶真が、俺だけ好きになって、くれたらって――」

「……っうん……、俺も……っ、たかひろ」

呼ぶと押さえつけられて、いっそう奥まで穿《うが》たれて、ああ来る、と晶真は思う。高い、果てのない幸福の波が来る。たぶん自分の腰も動いていて、手で探ると同じように伸びてきた貴裕の手とぶつかった。

ぎゅっと指を絡めて握りあって、最後の一押しを二人で昇り、あまい呻きを洩らしたのはほとんど

一緒だった。ぱんと弾ける光を感じながら、晶真はゆっくり力を抜いた。

当日はマネキンの代わりに貴裕が着てよ、と言ったらものすごい勢いで嫌がられて、正直ちょっと傷ついたのだけれど、同じブースにちゃんといてくれる横顔を見たら、まあいいかな、と晶真は思い直した。

八月上旬のモードマーケットは、晴天も手伝ってかいつもより賑《にぎ》わっているような気がする。貴裕が取っておいてくれたはがきを見て思いついたエアメールをイメージした数着の服はけっこう好評で、ワンピースとジャケットがいくつかオーダーをもらえた。

なにより嬉しかったのは、この前没になったＣＭ衣装のプレゼンで、最後に晶真に理由を説明してくれたプロデューサーが、わざわざ足を運んでくれたことだ。

「根津さんも含めて、なかなか面白いよね。そのうち、機会があったらまたよろしく」

そう言って、用意してあったサンプルブックを持ち帰ってくれた。

貴裕と両思いになったからって、それが誇れることでも祝福されることでもないことには変わりがないが、少なくとも「全部がうまくいかない」という状況は脱せた気がする。

「貴裕」

なんとなく呼んでシャツの裾をひっぱると、貴裕はするりとその手を握って「なに？」と聞いた。恋人めいたその仕草に、照れと嬉しさが湧いて、晶真は微笑んだ。

「やっぱり、貴裕が服着てくれたほうがよかったのに、と思って」

「……やだよ、赤のジャケットとか」

「落ち着いた赤だからそんなに派手じゃないと思うけど」

「兄ちゃんじゃないんだからさ。……晶真のほうが似合うよ」

ぼそっとつけ加えられてそっぽを向かれ、おかしくなって笑いをかみ殺したところで、「おはよう」と根津の声がした。

「おはようございます」

挨拶を返して晶真は慌てて繋いだ手を離そうとしたが、貴裕がそうさせてくれなかった。逆に強く握られて、思わず貴裕の顔と根津の顔を見比べる。根津はやれやれ、というように溜め息をついた。

「いちゃついちゃってまあ」

「ち、違います」

「なにか駄目ですか」

否定した晶真の声をかき消すように貴裕は言って、手を離した、と思ったら腰を引き寄せられた。

「邪魔だからどっか行ってください」

「貴裕、やめろって！　すみません店長」

一向に放してくれる気配のない貴裕の腕を引きはがそうとしながら、晶真は根津に頭を下げた。根津は呆れたのを通り越したみたいに苦笑いする。

「若者はいいな、はしゃげて」

「羨ましくてもあげませんよ」

「知ってるよ」

どことなく得意げな貴裕の声に根津は言い返して、それから晶真を見て目を細めた。

「よかったな」

「……よかったけど、ほんとは駄目です」

耳が熱くなるのに抗うように、晶真は首を振った。貴裕はむっとしたように腰を抱く腕に力を込めた。

「まだそんなこと言ってるの？」

「だってさ。困るよ」

晶真は言い訳するように呟く。八月だというのに抱きしめられていて、その体温が嫌じゃない自分が、心底現金だと思う。

「――幸せだから困る。ずっとこのままがいいなとか思ってさ。せっかくずっと我慢してたのに……もう、一回こうなったら、我慢とか無理じゃん。きっと全然黙っておけないし、そしたらみんなにすぐバレちゃうし、そうなったら反対されるだろうしさ」

きゅ、と前髪をひっぱると、貴裕はもう一度、晶真の身体を引き寄せた。

「誰かに反対されても、二人じゃん」

「……貴裕」

「一人じゃないから、けっこう耐えられると思う」

短い、静かな声はずいぶん頼もしく聞こえた。きゅんとして、晶真は貴裕の腕を撫でた。

「そうだね。特別な兄弟、だもんね」

もし、本当に。

誰かに非難されたり、咎められたりしたら、矢面には自分が立とう、と晶真は思っている。だってやっぱり、自分が兄だから、そうするべきだと思うのだ。

貴裕とずっと一緒にいたいと望んだのは晶真自身で、たとえば両親を悲しませても、そのせいで貴裕を諦めよう、とはもうならない。困るのは——不安だと思うのは、実際両親に知られたときに、苦しいのは貴裕のほうだと思うからだ。

(ずっと、少しでも長く、幸せだといいね)

そう思いながら貴裕を振り仰ぐと、「こら」と根津の声がした。

「ブースの中でキスするなよ、仕事中だぞ」

「しませんよ」

晶真は笑って返したが、貴裕は露骨に舌打ちした。子供っぽいなあ、と思いながら晶真はぽんと腕を叩いて、そこから抜け出す。

根津はおもしろそうににやけながら、「でもまあ」と言った。

「ちょうど昼飯どきだからな。休憩行ってこいよ、代わりに見ててやるから」

「店長、用事はすんだんですか？」

「すんだよ。遠慮しないで行ってこい。ただし一時間な」

「はーい」

返事して、とりあえず店長に黙っていなくてもいいのは本当によかったな、と思う。そのうち小林さんにも言おう。それから。

「ねえ貴裕」

手を伸ばして自分からつないで、晶真はゆっくり笑った。

「やっぱりさ、貴裕の服、上から下まで一揃い作ったげる」

「……どうしても着せたいわけ？」

「どうしても着せたいよ、だって貴裕に着てもらいたいって、原動力だなと思うんだもん」

「……」

「そんなに派手にしないからさ。俺とお揃いにしよう」

「お揃いにすんの？」

「するよ。兄弟じゃん。それに」

つないだ手を見せるように持ち上げて、目を見上げて晶真は笑う。

「恋人同士だって、ペアルックとか着るじゃん。ね」

そう言ったら、貴裕もちょっとだけ笑って、「そうだね」と頷いた。

「それならいいよ。二人でなら」

「うん。二人でね」

二人で――すぐ近く、並んでいられるなら、辛いことも苦しいことも、明日もずっと未来も、きっと頑張れるはずだから。

ぜんぶ独り占め

時刻は午後十一時。

「ごちそうさまでした。すごいおいしかった。スパイス足すと本格的な味になるね」

満足そうな顔をして弥坂《やさか》晶真《しょうま》が手をあわせてくれて、弥坂貴裕《たかひろ》は自分もスプーンを置いた。晶真が来るのにあわせて煮込んでおいたカレーは予想よりもおいしく仕上がっていた。皿を重ねて立ち上がると、晶真もぱっと立ち上がる。

「俺が洗いものするよ」

「いいよ、晶真はついさっきまで仕事だったんだし、昨日も一昨日も、なにか勉強してただろ。あれ終わってないんじゃないの？」

「う……そうだけど」

「俺は学園祭の準備してただけで体力余ってるから、任せてよ」

口ごもった晶真の腕に、貴裕はかるく触れた。細心の注意を払って、ごくかるく、ぽんと叩く。それは晶真的には「セーフ」だったらしく、晶真は警戒したり嫌がったりはせず、迷いながらもキッチンまでついてきた。

「学園祭って、もうすぐ？」

「来月のはじめだよ、うちは少し遅いんだ」

「サークルでカレー出すんだよね。貴裕はカレー作る係？」

「俺は材料の買い出しと、当日の呼び込みくらいかな」

結局横に並んで手伝ってくれようとする晶真に、貴裕は複雑な気分で目を伏せた。

嬉しいことはもちろん嬉しい。なんにせよ、すぐそば、隣に晶真が並んでくれるのはうきうきする事態で、無論歓迎なのだけれど。

(こういう会話は、いくらでもしてくれるのにな)

他愛《たわい》ない会話をかわすのだってもちろん楽しい。穏《おだ》やかな空気も嬉しいし、当たり前のように近くにいられることは幸福だった。——でも。

「……晶真、学園祭、遊びに来られる?」

「そうだなあ……せっかくだから行こうかな。サークルの子たちにもしばらく会ってないし。最近仕事で打ち合わせに行くところ、貴裕の大学にけっこう近いから、寄れると思う」

「忙しかったら無理しなくていいけど、来てくれたら嬉しいよ」

「うん。行く方向で善処《ぜんしょ》します」

ちょっとふざけた口調を作って笑う横顔は、いつまでも見ていたい可愛《かわい》さだった。だが、二人分の洗いものの量はたかが知れていて、勉強がしたい晶真の時間をいたずらに奪うのも申し訳なくて、手早く洗い終えてしまうと、小さく溜め息が零れた。

さっそく、というようにテーブルに戻って本をひらく晶真の背中を、貴裕はそっと眺《なが》める。

背中も横顔も、ずっと昔から、数えきれないほど、こうやってこっそり眺めてきた。仲のいい友達として、兄弟として、ひそかな片思いの相手として。

今は――撫《な》でたり、抱きしめたりしてもいい立場になった、はずだった。

（……仕事の邪魔、するわけにはいかないもんな）

ぴったりくっついてキスしたい欲求を押し殺して、貴裕はマグカップにカフェオレを用意した。自分のには砂糖なし、晶真の分には砂糖二つ。

「晶真、カフェオレ淹《い》れたよ」

「ん……ありがと」

英語の辞書を片手に熱心に本を読んでいる晶真の返事は上《うわ》の空だった。

ちらりと見えたページには洋服のものらしい図解と英語がびっしり並んでいて、頑張っているんだな、と貴裕は誇らしい気持ちになった。晶真が、好きな仕事に一途《いちず》に取り組んでいるところを見るのは好きだった。

貴裕が晶真の手元にカフェオレの入ったマグカップを置くと、ありがと、ともう一度言って目を上げた晶真と視線がぶつかる。晶真は照れくさそうに微笑《ほほえ》んで、カップに口をつけた。

「貴裕、カフェオレ淹れるのうまいよね」

「普通だと思うけど。本格的にやってるわけじゃないし、こういうコーヒーメーカーって誰が淹れても同じ味だよ」

「そうかなあ。絶対おいしいけど」

料理だって作れちゃうしさ、と呟《つぶや》く声は照れと甘えをミックスしたような丸さで、いけるんじゃないかな、と貴裕は思った。

今日こそは、いけるんじゃないだろうか。

まったりしたくつろぎのひとときだけじゃなく、もっと違う、恋人としか過ごせない濃密な時間を、持てるのではないだろうか。

自分の分のコーヒーを飲みつつ、貴裕はまた本に集中しはじめた晶真を眺める。長めの前髪から覗《のぞ》く表情は真剣だがリラックスしている。貴裕と二人でいることを嫌がっているようにも、緊張しているようにも見えない。

この調子なら……と思いながら、貴裕は晶真の横にそうっと移動した。

「あ」

貴裕が手を肩にかけた途端《とたん》、晶真は慌《あわ》てたように腰を上げた。

「もうこんな時間だった。俺帰るね」

そそくさと鞄《かばん》に手を伸ばす横顔がほんのりと赤い。中腰《ちゅうごし》で鞄を引き寄せる格好はまるで誘うように無防備で、貴裕は小さく溜め息をついた。こんな格好をしておいて逃げる晶真は罪作りだ。

「まだカフェオレもほとんど飲んでないじゃん」

「そ……そうだけど、もう遅いから」

荷物を片手に、晶真は急いでマグカップの中身を飲み干そうとした。勢いよく傾けて飲んで、あち、と顔をしかめつつ、今にも帰りたそうな半端《はんぱ》な体勢を崩さない。

「いいよ焦《あせ》って飲まなくて。それより、泊まっていけば？　遅いし、この時間だと電車も混んでて大変だし、また夜道で危ない目に遭《あ》ったら困るし」

「……だめだよ」

口元を拭《ぬぐ》ってマグカップを置いた晶真の顔はやっぱり赤かった。照れたようにも拗《す》ねたようにも見える、年不相応《ふそうおう》ないたいけな表情にくらりとして、貴裕は「じゃあ」と言い直した。

「送っていく。せめて」

「いいってば。最近家から駅まで自転車にしてるから、危なくないし」

「じゃあここから、駅まで」

「だ、だめ」

ぱっと顔が逸《そ》らされる。そのまま急いで玄関に向かってしまう晶真を、貴裕はドアの前で摑まえた。手首を取られた晶真が、息を飲んで振り仰《あお》ぐ。見上げられる角度に、あ、俺前より身長伸びたかも、と思いながら、貴裕は晶真の身体《からだ》を引き寄せた。

「貴……裕、」

もう一度だめだよ、と続けるつもりだっただろう唇を塞《ふさ》ぐと、晶真の大きな目はすうっと潤《うる》んで伏せられる。まばたきの音のしそうな長い睫毛《まつげ》が震えて下がり、かわりのように唇が薄くひらいて、舌を絡《から》めると甘さと熱さに背筋がぞくりとした。

久しぶりのキスに、炙《あぶ》られたように欲望が溶け出していく。

おずおずと応《こた》えてくる晶真の舌の動きが優しくて可愛い。吸うとびくりと腕の中の身体が震え、触れあった場所がいっそう熱を帯びた。太腿《ふともも》と、胸と、股間の一番嘘をつけないところ。

「……ふ、……く、んっ……」

口腔《こうこう》を愛撫《あいぶ》され、舌を吸われる晶真のあえかな声が子犬みたいにくぐもる。貴裕はわざと股間を押しつけて刺激して、そっとキスを終えた。

濡れた唇をさくらんぼのように光らせた晶真が、責める目つきで見上げてくる。

「長いよ、貴裕」

「だってキスしたかったんだ」

晶真だってしたかったくせに、と貴裕は思う。潤んだ晶真の目には、非難する色と同じくらい、欲望が渦巻《うずま》いているのがわかる。だが、晶真は逃げるように視線を逸らしてしまう。

「もう一回したい、晶真」

「や……あの、ね？　嫌、じゃないんだけどさ……もう、帰らないと、いけないから」

ためらいがちな、迷いのにじんだ口調が寂しい。頰も目元もうす赤いのに、と悔《くや》しくて、貴裕は指をすべらせた。

「俺たち、最近キスもしてないって、晶真わかってる？」

晶真の頰からこめかみを撫でると、晶真は焦ったように貴裕の胸を押し返した。

「じゃあ、またね！」

言うなりドアを開けて、逃げるように駆け出していく。

追いかけようか、と身を乗り出した貴裕は、十月のひんやりした空気に響く、階段を下りていく晶真の足音に溜め息をついてドアを閉めた。追いつけるだろうが、そうしたらたぶん怒らせる。

もどかしさと苛立《いらだ》ちに髪をかき上げて、すっかり慣れた一人暮らしのマンションの部屋の真ん中に戻ると、さっきまでいた晶真の気配に再び溜め息が零れた。

あんなに「貴裕大好き」のオーラが出てるというのに、晶真は最近、明らかに貴裕を避けている。

具体的には先月、ようやく二度目のセックスをしたあとからだった。

一人暮らしをはじめる直前に晶真と初めて身体をつなげてからは、もう四か月が経つ。そのあとは晶真が仕事で寝る間も惜しむ忙しさだったから、泊まりに来てくれても手は出せなかった。お行儀《ぎょうぎ》のいい中学生のカップルみたいに、手をつないだりキスしたり、一緒に過ごしたりするだけの「清らかなおつきあい」もわりと楽しかったが、貴裕はそのあいだ、ずいぶんと我慢していた。できるなら、毎日だって身体をつなげたかったのだ。

一度は失恋したと覚悟した相手への、何年越しか数える気にもなれない長い片思いが実ったばかりで、それでも我慢した自分を褒《ほ》めてやりたいくらいだった。我慢して、余裕のあるふりを装って、九月の半《なか》ば、夏のイベントやそのあとの仕事で忙しそうだった晶真が落ち着いたところで、やっと、やっと晶真を組み敷けた。

一緒に暮らさない？　と切り出したのは、その行為の直前だった。

「晶真と、離れていたくないんだ。あんまり生活時間かぶらないだろ？　だから、よけいに一緒に暮らしたい」

　晶真の身体の上に乗り、まっすぐ目を見つめながら貴裕がそう言ったときは、確かに晶真も乗り気だったはずだ。実家からより貴裕の住まいからのほうが晶真の仕事先にも近いし、好き同士なのだから、拒まれる要素はないはずだと、貴裕は思っていた。

（やっぱりあのとき……なにか、失敗したかな）

　思い返すと、不安と焦りで胸が苦しくなる。

　あのときの行為の最中は、晶真は一度目のときよりもさらに気持ちよさそうにしていた、と思う。後ろからたくさん愛撫して、一度晶真だけ達《い》かせて、二度目は一緒に達して、そのあとは抜かないまま延々と乳首を可愛がりたおして、晶真は恥ずかしさと気持ちよさで涙ぐんでいた。もうやだとか馬鹿とか言われたけれど、「だって嬉しい。晶真とこんなにくっつけて幸せすぎる」と正直に言ったらおとなしくなって、もう一度二人で射精して、終わったときには晶真はとろとろの表情だった。それが死ぬほど色っぽくて、普段のやや子供っぽい表情とのギャップで、貴裕のほうはもう一戦できそうなくらいだったのに——なにが、いけなかったのだろう。

（がっつかれるのは、嫌なのかな。入れられる晶真のほうが負担は大きいと思うし）

　あれきり、同居の話もはぐらかされている。

　セックスしないあいだもキスだけはたくさんしていたのに、最近はそれさえ、なかなかさせてもらえなくなった。

晶真の使っていたマグカップをキッチンに運んで、貴裕はふとそのカップに唇を押しつけた。とっくに冷たいそれは晶真の唇とは似ても似つかない。

やっぱり引きとめればよかった。

せめて駅まで無理にでもついていけばよかった。

抱きしめたい。明るくて朗《ほが》らかで、底に優しさのひそんだ声で「貴裕」と呼ばれたい。

うう、と唸《うな》るような声が漏れて、貴裕は顔をしかめてマグカップを洗った。

本音を言えば明日からでも、晶真と二人で暮らしたかった。帰りの時間など気にせずずっと一緒にいて思う存分べたべたしまくりたいのだが、それを正直に言って「甘えたいなんて貴裕は可愛いなあ」なんて言われたら癪《しゃく》だし、なにより鬱陶《うっとう》しく思われたくない。

やっとのことで貴裕の手の中に来てくれた、世界で誰より好きな人だから。

にこにこと幸せそうな晶真の顔や、やわらかい声を思い出すとまた胸が疼《うず》いた。今すぐにでも追いかけて、抱きしめたくなる。

仕事が忙しいのは仕方がないが、それ以外の時間――たとえば夜は、自分のために使ってほしい。同じベッドで眠って、朝起きたときに寝ぼけた顔が見られたら最高なのに。

「――晶真、頑固《がんこ》だからな……」

晶真が相変わらず、どこかで自分たちの関係を申し訳ないと思っているのが、貴裕にはひどく歯がゆかった。

貴裕にとっての晶真は、いろんな色があたたかくきらめくビー玉に似ている。

今のようにカラフルな服を好んで着るようになるまえ、貴裕と晶真が仲のいい「お隣同士」だったときから、晶真はいつだって七色の光を振りまいていた。

味にたとえるなら、甘い砂糖衣《さとうごろも》のかかったチョコレートだ。色とりどりの、チープなプラスチックみたいな丸い粒。「内緒《ないしょ》であげる」とてのひらに零された、初めて食べたチョコレート菓子の舌にしみる甘さ。

晶真がどう覚えているか知らないが、晶真と貴裕も最初からいきなり仲良しだったわけではない。貴裕は人見知りで、常に周囲から一歩引いてしまいがちだったから、遠慮なく話しかけ、貴裕の手をひっぱる晶真はどっちかといえば警戒の対象で、最初の頃はずいぶん身構えていた。

それでも、家が隣同士だったこともあり、晶真のほうは貴裕と仲良しだと信じきっていたようで、貴裕が弥坂家にしょっちゅう遊びに行くようになるまで時間はかからなかった。

貴裕の家は両親とも理性的でもの静かだったし、貴裕にはおとなしく聞き分けのいい子供であることが求められていた。愛情はきちんとかけてもらったし、両親の仕事があるときには外国にも連れられて行って、それはそれで悪くなかった。自分の家で禁止されていて、ほかの子とは違うんだな、と意識していたのはお菓子ぐらいで、甘いものを食べた記憶がほとんどない。

晶真と彼の家は貴裕の家とはなにもかもが違っていて、スーパーで買ったスナック菓子がいつでもあった。だがそれを、遊びに行った貴裕が食べたことはなかった。母は晶真の母親に、甘いものを与えないように言っていたのだろう。

晶真にとってはそれが、ひどく奇妙なことか、許せないことに思えたのではないか、と、今となっては思う。

晶真の部屋で、晶真は引き出しに隠していたチョコレートの袋を取り出して、貴裕をそばに呼んだ。内緒だよ、こっそり食べればわかんないから、貴裕にあげる。俺これ好きなんだ、きっと貴裕も好きだよ。俺はねえ、赤と黄色が好き。貴裕は？

ぴったりくっついて、一生懸命ひそめた声には、わくわくした興奮が滲《にじ》んでいた。

晶真の身体はあたたかくて、なんだか甘いにおいがして、きらきらしていて、睫毛が長くて、クラスの誰より一番可愛いなと思ったことははっきり覚えているのに、晶真の問いになんと答えたのか、貴裕は覚えていない。

でも、晶真がどうしたかは覚えている。じゃあ手え出して、と言って、いきおいよく振った袋からはたくさんチョコレートの粒が溢《あふ》れて、受けとめきれなかった数個が床に転がった。

ころころという音と、カラフルな水色や赤、茶色にどきどきした。おいしいよと言って自分の口に入れ、食べてみせた晶真の笑顔と、貴裕が食べたときの、心配そうに見守る表情。

たまらなくどきどきした理由が恋だと自覚するまではすぐだった。

なにしろ、会うたびに——毎日、どきどきしたから。

あのときから、貴裕は一度も、晶真への気持ちを忘れたことはない。

貴裕は鞄になつかしいチョコレート菓子の袋を一つ入れ、晶真が去年の誕生日に買ってくれた淡いピンク色のシャツを着た。上にはざっくりした紺のニットカーディガンを着て、これで機嫌が取れればいいんだけど、と思いながら、家を出る。

大学での講義の前に、晶真のバイト先を訪ねるつもりだった。

両思いになってから、晶真はぱたりと大学に来なくなった。明るくてすぐ誰とでも仲良くなれる晶真はサークルの男女どちらからも好かれていたので、みんなは寂しがっていたが、貴裕が「仕事が忙しいんだ」と説明すると追及はされなかった。貴裕としては晶真が狙《ねら》われる機会が減って喜ばしい状況だ。

喜ばしくないのは、晶真のバイト先のほうだった。

到着して店のドアを開けると、いらっしゃいませ、と奥で振り返った晶真が、貴裕を見てぱあっと笑顔になる。

「貴裕、いらっしゃい！　すっごい似合うよそれ！」

走り寄ってきて袖口をきゅっと握った晶真は「やっぱり俺の見立て完璧じゃない？　すごく似合っ

てる、すごくいいよ」と繰り返す。

「このローゲージのニットもいいなあ、大人っぽいし、貴裕にすごく似合ってるよ」

「ありがと」

こういう会話をしているときの晶真は普通、どころか積極的なくらいだ。貴裕は期待どおりの反応にほっとしてその腕に手を添えながら、店の奥のカウンターからにやにやとこちらを見ている根津《ねづ》にも聞こえるように言う。

「これ着心地もすごくいいね。気に入ったよ、ありがとう晶真」

「でしょ、ここのメーカーの、俺も好きなんだ」

うっとりしたような表情で見上げられ、ああキスしたいな、と貴裕は思う。

シャツよりもずっと綺麗なピンク色の唇がたまらない。キスできたら根津に対してこれ以上ない牽《けん》制《せい》になるのに、と思いながら、貴裕は鞄からチョコレートの袋を取り出した。

「これ、差し入れ。晶真、疲れてると甘いのほしくなるでしょ」

「え、チョコ？　ありがと、これすごく久しぶりに見たなあ」

甘いものが好きな晶真が嬉しそうに表情を崩して受け取った。「なつかしいねこれ」と呟くあたたかな表情に、キスしたい、と再び思いつつ、貴裕はさりげなく晶真の背中を引き寄せる。

「今日も家、来るよね。俺大学のあと時間あるから、食事作っとくよ」

「……あ」

途端に、晶真がぎこちなく目を伏せた。きゅっとチョコレートの袋を握りしめて、貴裕の腕から逃げ出すように一歩後退《あとずさ》る。

「えっと、今日は遅くなるから、やめとく。昨日まで、三日続けて行ってたし……」

「俺は毎日来てくれて全然いいよ。ていうかむしろ、一緒に暮ら――」

「と、途中にしてた作業あるから、貴裕はゆっくり見てっていいから！」

一緒に暮らしてほしいんだけど、と言いかけたのを遮《さえぎ》るように、晶真は身を翻《ひるがえ》す。

逃げることないだろう、と思いつつ、しつこくすると余裕のなさがばれてしまいそうで、貴裕は声だけ投げた。

「あとでまた連絡する、晶真」

「……うん」

心細そうな晶真の視線に心が騒ぐ。

そんな顔するならこっちにおいで、と言いたくなるのを堪《こら》えると、相変わらず笑みを浮かべている根津と目があって、貴裕は踵《きびす》を返して店を出た。この店のオーナーである根津は今でも油断できない存在だが、ここが晶真の仕事場なのは事実だから、仕方がない。

（……ほんとは、二人っきりにしたくないけど）

せめて同居にうんと言ってもらいたい。だが、独占欲を丸出しにすると、自分の子供っぽさだけが目立つようで嫌だ。

晶真に長年「お兄ちゃん」として接してこられたせいで、たった十一か月の年の差が、貴裕には大きなコンプレックスだった。

兄らしく振る舞おうと努力してきた晶真は尊敬しているし、そういう心遣《こころづか》いも大好きだけれど、貴裕としては晶真に頼られる男になりたかった。だから釣り合うように、子供っぽく見えないように頑張ってきたのに――このところ、晶真のそばにいたい気持ちが強すぎて、コントロールが難しい。

触れたい、でも嫌われたくない。

未練がましく通りから店を振り返ると、ドアが開いて晶真が顔を出して、貴裕はどきりとした。

少し離れた場所まで来ていた貴裕を探すそぶりを見せた晶真は、貴裕を見つけてほっとしたように近づいてくる。

「いっこ言い忘れてた」

「――なに？」

逃げるくせに、近づいてきたり、呼びとめたり。

なのに触れればあからさまに避けたり。

晶真の距離の取り方は、貴裕を悩ませてばかりだ。晶真は貴裕の内心を知ってか知らずか、見上げてためらいがちに笑う。

「今朝、母さんが『貴裕は元気にしてるの？』って心配してたよ」

「メールはけっこうやりとりしてるけど」

「そうみたいだね。でも、メールだけじゃやっぱり心配なんじゃない？　顔出してほしそうだったから さ……よかったら、明後日の金曜日はうちでご飯食べようよ。久しぶりにみんなでさ」

微笑みかけられて、貴裕は迷ってから頷《うなず》いた。

金曜日は両親とも早く帰宅することが多い。四人で食事をするのは、ずいぶんと久しぶりになる。

父とは家を出たあと数度しかやりとりもしていないし、実家に戻ったことは一度もなかった。今でも両親は好きだし、感謝してもしきれないほどだと思うけれど、一度一人暮らしをはじめてしまうと、戻りづらい気がするのも事実だった。

ほんのわずかな、以前とは違う距離感。

そこに、晶真と恋人関係になったことがまったく関係していない、と言えば嘘になる。

けれど、「なんとなく実家には顔を出しづらいんだ」だとか、「ちょっとだけ後ろめたいんだ」という感情の気配だけでも、晶真には見せられなかった。

ただでさえ、晶真は両親に対する引け目を強く感じているから、よけいな心配をさせたくない。

(俺は、晶真の不安を受けとめる側でいなきゃ)

「母さんの料理食べられるの嬉しいな。楽しみにしてる」

大人っぽく落ち着いて見えるように意識して貴裕が笑い返すと、晶真もほっとしたように表情を明るくした。

「きっと喜んで貴裕の好物ばっかりにしてくれるよ。父さんも、口には出さないけど、俺と母さんが貴裕の話してると熱心に聞いてるもん。——来づらいかもしれないけど、たまには顔出してあげて」

「……行きづらくなんかないよ。顔、出すようにするから」

当たり前の兄弟の会話だな、と思うと、締めつけられるように胸が苦しくなった。

無性《むしょう》に晶真に触れたかった。

性的な意味でなく、手や身体に触れて確かめたくなる。

（晶真。俺たち、ちゃんと恋人同士だよね？　兄弟じゃなく、好き同士、であってる？）

触れて抱きしめて、訊《き》いてしまいたい。だが、ここは往来だし、抱きしめるのはおろか、触れるだけでも晶真はまた逃げるだろう。

「それじゃまた明後日ね」

晶真が手を上げて店に戻っていく。

明後日ね、と貴裕は独りごちた。

ということはつまり、明日も、晶真は貴裕の元には来ないつもりなのだ。そう思うと、予想以上に打ちのめされて、貴裕は長い溜め息をついた。

家族として、兄弟として当たり前の行動や会話ならいいけれど、それ以外はだめ、みたいな態度は応える。

（まさか……このまま、逃げられたりしないよな。晶真は俺のこと好きなんだし、大丈夫だよな）

大丈夫なはずなのに、少しも安心できないのはなぜだろう。

焦燥《しょうそう》と苛立ちで、胸の内側にはどろりと黒いものが渦巻いているようだった。講義に出ても、近づいてきた学祭のための打ち合わせに出席しても気分は変わらず、サークルの友人に「大丈夫か？」と心配そうに訊かれてしまうほどだった。でも、自分ではどうにもならない。

（ただの兄弟に戻りたい、なんて、思ってないよね晶真）

ありえない、大丈夫だと否定する一方で、その不安は抜けない棘《とげ》のように質《たち》が悪かった。


「やだ、ちょっと見ないうちに背が伸びたんじゃない？」

「うん、そうみたい。少しだけど」

「そんなに離れてないんだから、もっとしょっちゅう来てくれていいんだからね。貴裕のことだからちゃんとできてるとは思うけど、一人暮らしで料理って大変でしょう？　お惣菜《そうざい》作ってあるから、持っていってね」

そんなふうに玄関まで迎えに出てくれた母は、心から嬉しそうだった。

いそいそといざなわれた食卓に並んでいたのは、ハンバーグにポテトサラダ、ブロッコリーの胡麻《ごま》あえという貴裕の好きなメニューで、晶真の言ったとおりだなと可笑《おか》しくなった。

家族四人で食卓を囲んで「いただきます」と声を揃える。豆の入ったポテトサラダの味を、貴裕の頭よりも身体が覚えていたようで、口に入れると妙にほっとした。父もにこにこしていて、それを見ると貴裕までほっこりくつろいだ気分になる。

「やっぱポテトサラダは母さんのが一番だと思わない、貴裕」

家族全員が揃ったせいか、晶真も嬉しそうだった。たっぷりの愛情に満たされて育ってきた晶真は「家族」が好きなのだ。

母が笑ってサラダの大皿を晶真のほうに押しやった。

「これに入れた人参《にんじん》は平気だもんね晶真も。あんたも貴裕のところに入り浸《いびた》るなら、少しくらい料理を覚えたらいいのよ。泊まったときは貴裕が作ってくれるんでしょ？」

晶真と貴裕を交互に見ながらそう訊かれ、貴裕は微笑んで頷いたが、晶真は赤くなって首を振った。

「べ、べつに入り浸ってないし、それに俺だってご飯くらいは炊《た》けるし！」

「ご飯なんて炊飯器のスイッチ入れるだけじゃないの。貴裕はオムレツとか作ってくれるんでしょ」

「オムレツ……は、作って、もらったけど……っ」

ぼっ、と音がしそうな勢いで、晶真がさらに赤くなる。

オムレツは、何度か晶真が泊まった翌朝に作ったのだが、そのうちの一回は、二度目のセックスのあとだった。わかりやすく動揺している晶真に微笑ましさと愛しさを覚えながら、貴裕は「今度母さんにも作るよ」と笑った。

「せっかくだから、今度来たときは、俺が母さんたちにご飯作ろうか」

「嫌だ、嬉しいこと言ってくれるじゃない。でも作ってくれなくてもいいから、いつでもいらっしゃいよ。晶真にも伝言頼んでたんだけど——独り立ちしてから、一度も来てくれなかったでしょう？やっぱり、貴裕が家にいないのは寂しいわ。親のほうが子離れできないなんて情けないけど」

「情けないなんて……嬉しいよ。本当にありがとう。ごめん、なかなか来られなくて」

申し訳なさといたたまれなさで、しくりと胸が痛んだ。盗み見た晶真も居心地悪そうにうつむいて前髪をひっぱっていて、きっと何度も言われたんだろうな、と察しがついた。

「せっかく一人暮らしをはじめたところで、実家にしょっちゅう来いっていうのもおかしな話だけど、遠慮はしなくていいって意味だからね、貴裕」

フォローするように父が言い添えてくれて、わかってるよ、と貴裕は頷いた。

ああこの人たちは晶真の親なんだなとしみじみ思う。お人好《ひとよ》しで、無条件に自分に、手を差し伸べてくれる。

そういうところを貴裕は愛しているし、感謝もしているからこそ、なんとも言えない気分になる。

貴裕と晶真の仲を知っても、同じように愛情深く接してくれるだろうか。

（……それを望むのは、図々《ずうずう》しいよな）

複雑な心境を押し隠して、ありがとう、ともう一度言うと、貴裕の横に座っていた晶真が箸《はし》を置いた。

「ごちそうさま。ちょっと部屋行ってる」

「ちょっと部屋って、お茶は？」

「今日はいい！」

うつむいたまま晶真はぱたぱたと二階の部屋に引き上げていく。急いで食べたらしく皿は空になっていたが、貴裕は晶真の姿を追って階段のほうに目を向けた。

「ごめんね。晶真、きっと寂しいんだと思うわ」

取りなすように、母が立ち上がって急須《きゅうす》を手にする。

「ほら、今まで貴裕にべったりだったから、独り立ちできないのよ。おかげで貴裕の新居にもずいぶんお邪魔してるみたいだけど……最近、ちょっと様子が変なの。特に貴裕のところに寄って帰ってきたな、っていう日はね」

案じるような母の声に、さっと緊張が走った。貴裕は思わずとめてしまった手を動かして最後のハンバーグを口に入れてから、「変って？」と訊き返した。

「なんだか、悩んでいるみたい。悲しそうっていうか、寂しそうっていうかね」

「母さん、晶真だってもういい歳なんだし、悩むことだって悲しいことだってあるに決まってるよ」

横から父がやんわりと言葉を挟《はさ》んだ。その父のほうにお茶を差し出して、母は穏やかな笑みを浮かべて首を横に振る。

「私はどっちかって言ったら、今頃悩んでるなんて、ほんとに成長の遅い子ねえって思ってるわ。もうちょっとしっかりしてくれたらいいんだけど——親に相談もしないで進路を決めたときには欠片《かけら》も迷うそぶりがなかったのに。貴裕はなにか聞いてない？」

貴裕の前にも、お茶の入った湯飲みが置かれた。色違いで家族全員がお揃いの湯飲みだ。

「……特には、聞いてないよ」

後ろめたさに重たくなった貴裕の返事を気遣ったのか、母が明るい声を出す。

「ごめんね、貴裕を責めてるわけじゃないのよ。ただ、晶真が貴裕に迷惑かけてるんじゃないかと思って」

「迷惑なんかかけられてないよ。むしろ――」

むしろ俺のほうが、と言いかけて、鈍く胸が疼いた。

晶真が悩んでいるとしたら自分との関係に違いなく、それを強《し》いたのは自分だ。

きっと、この家では毎日のように貴裕の話題が出ていただろう。それを、晶真はどんな気持ちで耐えていたのだろう。独りきりで。

「……むしろ、俺のほうが、迷惑かけてるかも」

「あら、珍しい。喧嘩《けんか》でもした？」

さりげなく、冗談めかしてそう訊かれて、急いで首を横に振る。

「そんなわけない。俺と、晶真だよ。晶真は昔からなんでも譲《ゆず》ってくれちゃうから、喧嘩になんかならないって知ってるだろ」

「譲ってたのは貴裕のほうじゃないか」

父がお茶を飲み飲み、優しく苦笑した。

「休みの日にどこに行きたいか訊いても、兄ちゃんの行きたいとこがいい、ってさ」

「そうそう。だから、今になって喧嘩したらきっと大変だろうなと思ったけど――喧嘩してくれたっていいのよ」

オレンジ色の湯飲みを両手で包んで、母がじっと貴裕を見つめてくる。

「貴裕はもっとわがままになってもいいんだからね」

「――俺は、十分わがままだよ」

苦く呟いて、貴裕は目を伏せた。貴裕の湯飲みは深い緑色だ。父は藍色で、晶真のは赤。

晶真の思いやりを無視して両思いに持ち込んだのは貴裕だ。そのことでもし家族の団欒《だんらん》が二度となくなったってかまわない、と思っていたけれど、それでも、こうやって穏やかなぬくもりに触れると罪悪感が湧《わ》く。

すっかり馴染《なじ》んで、普段は血がつながらないことなど意識しないくらい、貴裕にとっても大事な家族だった。離れていれば遠ざかったように思えても、戻ってくれば当たり前のように迎えられ、食べ物の好みも把握されていて、共有する思い出があって。

今は、ほかにはない、この人たちが貴裕のただひとつの家族だ。

(でも俺は、晶真が好きなんだ。ほかの誰より)

八歳で実の両親を亡くしたときは、唐突《とうとつ》に世界は知らない場所に変貌《へんぼう》したように思えた。いくらよく知っていても、隣の家のおばさんは母親ではないし、おじさんは父親ではなかった。なにもかも変わってしまう前とあとで、変わらなかったのは晶真だけだった。貴裕が晶真を好きになったのは兄弟になるよりも先だったから。

それは誰にも言えない恋心で、両親に対しても晶真に対しても、気持ちを隠しておくのは慣れきっていた。

万が一反対されようがなじられようが、晶真だけは諦《あきら》められないと悟ったのもずいぶん前で、だから晶真のような強い罪悪感はとうに過ぎてしまったはずだったのに。

(――晶真、もしかして後悔してるかな)

晶真にとっては、両親は血の繋《つな》がった家族で、今でも心から大切にしている存在だ。

毎日のように顔をあわせて、貴裕の話題になるたびに、どんな思いでいただろう。

貴裕はそっと天井を見上げた。貴裕から家族を奪いたくない、完璧な幸せを得てほしいと、自分の気持ちさえ殺そうとした晶真のことだから、時間が経つにつれてどんどんつらくなって、結果後悔しはじめている、ということもありそうな気がした。

だから、キスや触れあうことを避けているのだろうか。

(そうだとしても、手放してあげる気は毛頭《もうとう》ないけど)

濁《にご》った気持ちでそう思い、自分のずるさに嫌になる。

身勝手だな、と自嘲《じちょう》しつつ、晶真を一人にはしておけず、貴裕は腰を上げた。

「ちょっと晶真と——兄ちゃんと話してくる」

「ありがとね貴裕。晶真のこと、よろしくね」

立ち上がった貴裕に、母は変わらぬ穏やかな笑みを見せて、ほんの一瞬、なにもかも知られているのでは、という気持ちになった。

それなら、それでもいい。貴裕はそう思いながら二階に上がった。物音ひとつしない晶真の部屋のドアをノックすると、かすかにだが返事がある。

開けると、晶真はベッドにうつ伏せになっていた。大きな枕を抱きしめて顔を埋めたポーズに、苦しくないのかなと苦笑して、貴裕はそっとベッドに座った。

それだけで、晶真の背中が強張《こわば》る。

「晶真、後悔してる？」

顔を上げようとしないかたちのいい後頭部を眺めて貴裕が訊くと、晶真はやっと顔を横に向けた。

「……わかんない」

「わかんない？」

「後悔は、してないけど、してるっていうか」

「ああ、ちょっとわかるな」

貴裕が小さく笑ってみせると、晶真は少しほっとしたようだった。

「やっぱり貴裕もそう？」

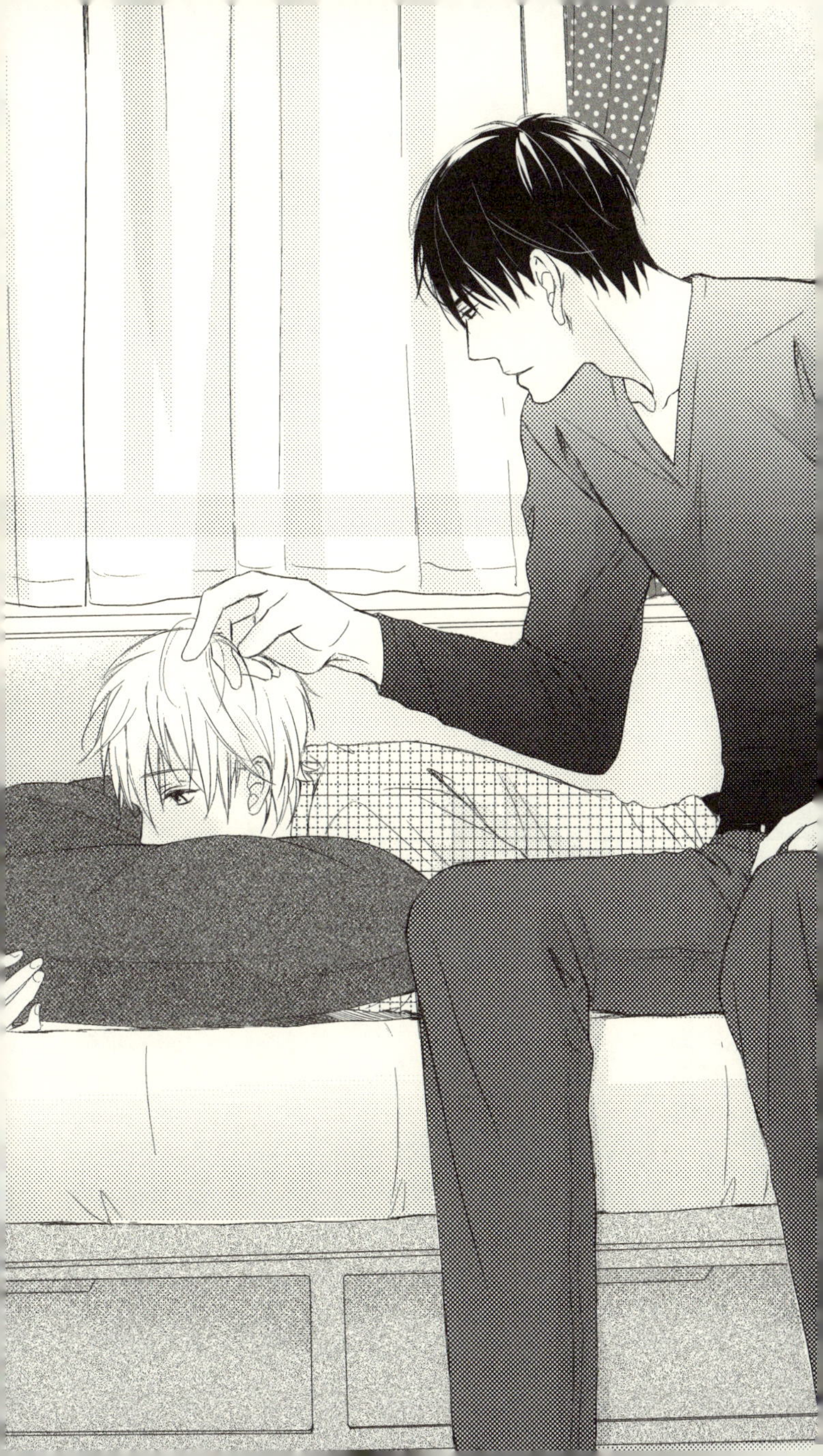

「晶真が思うより俺はずっとずるいから、全然後悔はしてないけどね。でも、晶真がなにがつらくて、なにが悲しいのかは、わかってるつもり。——まだ、申し訳ないって思ってるんだろ」

「貴裕はずるくなんかないよ。でも……そうなんだ」

晶真は顔を伏せた。吐息《といき》混じりの声がか細く揺れる。

「母さんと父さんを見ると、やっぱり申し訳ないなあって思うけど……でも、あのまま、ずっと黙ってもおけなかったと思うから、貴裕のこと好きなのは後悔してないんだ。してない、んだけどさ……」

晶真は目を伏せて言い淀《よど》む。

好き、とはっきり言われたのは嬉しかったが、「だけど」のあとに続くのは、「今は違う」だろうか。それとも「今も好きだけれど、つらい」なのか。

貴裕は晶真を怯《おび》えさせないようにできるだけ静かに、彼の髪に触れた。明るい色に染めた髪は、さらさら乾いてやわらかい。

「忘れないで晶真。俺は、晶真が好きなんだ。晶真がいてくれるのが、一番幸せ」

「……貴裕」

「晶真は優しいから、いろいろ悩んじゃうと思うけど、俺は今、ちゃんと幸せだよ」

低く囁くと、晶真が声をつまらせた。見上げてくる潤みかけた目を見つめ、貴裕は晶真の目尻からこめかみを指先で撫でる。伝わってくる、燃えるように熱い体温に貴裕の腹の底であっけなく欲望に火がついた。

キスしたい。抱きしめてあまい声が聞きたい。

(ねえ晶真。俺のこと、嫌いじゃないよね？　言葉だけじゃ足りないよ)

口には出せないわがままを封じ込め、吸い寄せられるように貴裕は唇を近づけた。けれど、触れあう瞬間に、晶真は「だめだ」と顔を背《そむ》けた。桜色に染まった目元に、焦燥と愛しさが同じだけ渦巻く。

「どうして？」

「どうしてって、……下に母さんたちいるのに」

「キスだけだよ」

「……キスも、だめ」

震えた声で言って、晶真は貴裕を押しのけた。

枕を抱えてベッドの上で後退り、壁に背中をつけて、完全に拒む体勢を取られて、貴裕はじっと晶真を見つめた。うつむいた晶真の顔が見えない。

「キス、もだけど、しばらく、エッチなことはなしな」

「しばらくって、いつまで？」

「……俺の気持ちが、落ち着くまで。悪いけど……頼むから」

枕を握りしめた晶真の指が白くなっていた。お互い好きだとわかっている状態から「落ち着く」ってどういうことだよ、と思いはしたが、これじゃ嫌とは言えない、と貴裕は溜め息をつく。

もどかしく思いはするが、自分でさえ後ろめたい気がするこの状況で、晶真にだけひらき直れ、なんて言えるわけもなかった。

後悔はしてない、と言ってもらっただけでも満足すべきだ、と、貴裕は内心自分に言い聞かせた。

「わかった、待つよ。待つのには慣れてるから」

「――ごめん」

「謝らなくていいよ。でも、家には来てほしい。晶真の顔も見られなくて、声も聞けないのは、俺がつらいから」

苛立ちや必死さがにじまないよう気をつけたつもりでも、自分の声はやや硬く響いた。フォローすべきか、と逡巡《しゅんじゅん》していると、晶真はちらりと視線を上げた。

「わかった、遊びには行く。――でも、しばらく仕事が忙しくて、遅くなっちゃったり、行けなかったりするかも」

「また忙しくなるんだ？」

「うん。できることはなんでもやってみようと思って。悩んじゃうことも多いけど、できることからやってみないとはじまらないよなって」

「そっか。応援してるから――真夜中でも、来てくれたら大歓迎だよ」

一目でも会えたほうがいい、という気持ちをこめて言うと、晶真は戸惑《とまど》ったように目を伏せ、それからまた見上げてくる。

「不甲斐《ふがい》ない兄ちゃんだと思ってる？」

揺らいだ眼差《まなざ》しに、貴裕は小さく笑った。

「全然だよ。優しいなって、思ってる」

晶真は貴裕を好きだ。この目を見ればわかる、とこの四か月はずっと信じてきた。

でも、彼が浮かべる愛しさと慈《いつく》しみの色は、「兄弟」だった頃となにが違うだろう？

口をひらくたびに「兄弟だから」「兄だから」と言われて、拒否されていると感じていた頃さえ、晶真はよくこんな目をしていた。貴裕を好きだなあ、と思ってくれている、愛情深い目。

それは単純で純粋な好意で、雄弁な大きな目いっぱいにたたえられたその好意が、まっすぐに自分に向けられるのが、子供の頃は嬉しくて誇らしくて、片思いのときは苦しくて——両思いになってからは舞い上がるように愛しく、そうして今は、また苦しい。

晶真が好きだから、苦しい。

「俺は、晶真のそういう優しいところが、好きなんだ」

半ば自分を納得させるためにそう言って、だから待つよ、とつけ加え、貴裕はもう一度晶真の髪に触れた。

彼がいつも自分でそうするように、かるく前髪を引く。ぽうっとやわらかく染まった恥ずかしげな顔で、晶真はそれでも「ありがとう」と言い、耐えかねたように目を閉じた。

きゅ、と手が握りしめられる。

「俺も、貴裕が好き」

包み込んでくれるような声だ、と貴裕は思った。

晶真が思うよりずっと、貴裕は晶真のその優しさに救われてきた。きらきらしていて隠せない、疑いようのない気持ちは、それだけで貴重な宝物だ。

てのひらから零れるチョコレートよりも多く、甘く、惜しみなく与えてくれる晶真。

そういう正直な、優しい晶真だから、迷うこともきっと多い。貴裕だけでなく、両親の気持ちや幸せを考えているだろうから、不安になるのも心が揺れるのも当然だった。

(俺とは違う)

自分勝手で、欲まみれな自分とは違う、と思うと、にぶく胸が痛んだ。

そういう晶真が好きで大切にしたい一方で、強引に奪い去ってしまいたい自分に気づくと、やるせないように胸が痛む。好きだと言ってもらえるだけでも、半年前には望むべくもない幸福だったのに、一度願いが叶ってしまえば、いくらでも欲深くなれるものなのだ。

言葉だけでは足りない、なんて。

触れて全部わけあわなければ、不安で仕方がないなんて——身勝手なわがままだと理解してはいるのに。

待つよ、と大人びたふりで言ったものの、待っているあいだに誰かに取られるのはもってのほかだし、ちょっかいを出されるのも我慢できない。

以前、大学に毎週来ていた晶真も、少しはそういう嫉妬《しっと》めいた気持ちがあっただろうか、と考えながら、貴裕は翌週、また晶真のバイト先の店を訪れた。

今日は押しかけたわけではなく、晶真に頼まれたからだった。なんとかそばにいる術《すべ》はないかと考えて、「仕事が忙しいなら、なにか俺にできることとか、手伝えることはない？」と訊いてみたら、だったら試着するモデルになってほしいと頼まれて、引き受けたのだ。

中に入るなり、カウンターにいた根津がにんまりして、奥を振り返る。

「晶真、愛しの王子様が来たぞー」

「なんですか、王子って」

王子様、という呼ばれ方に貴裕は眉をひそめたが、スタッフルームから急いで出てきた晶真は、拗ねた顔で根津をなじった。

「店長、よけいなこと言わないでくださいよもう！」

「いやあ、律儀《りちぎ》だなと思ってさ。しょっちゅう来るあたり、王子様っていうより騎士みたいだな」

「だから黙っててってば！」

声を張りあげて、晶真が貴裕の手を取る。スタッフルームにひっぱり込まれ、困惑して見下ろすと、晶真は「違うからね」と早口に言った。

「その、店長に勝手に貴裕のこと喋《しゃべ》ったりしてるわけじゃないから」

「べつに喋ってくれてもいいけど、王子様ってなに？」

「——劇の役」

怒ったようにぶっきらぼうに、晶真は横を向いた。

「貴裕、小学生のとき、劇で王子様の役やったことあるだろ」

「ああ……あれ。母さんと父さんが喜んで、ビデオカメラまで持って見に来てくれたやつね」

「その話、店長にしたことがあるんだ。……こよか……って」

うつむき気味の晶真の声が聞き取りづらくて、「なに？」と聞き返すと、晶真はくるりと背を向けてしまう。

「かっこよかったたって！　だから俺、服に興味が湧いてこの仕事したいって思うようになったって、話したの！　それだけ！」

「それだけって……」

くすぐったいような気持ちが湧いてきて、貴裕は手を伸ばして晶真の背中に触れた。

「ありがと、晶真。俺のこと褒めてくれて」

逃げようとしていた晶真の身体が迷うように揺れ、半分だけ振り返る。

「嫌じゃない？」

「なんで？」

「だって、知らないところでさ、勝手に、いろいろ言われるの嫌かなって」

「悪口じゃないんだし、嬉しいよ。両思いって感じがする」

「……りょうおもい」

繰り返して、晶真がぱっと赤くなった。変なことで照れるなあ、と貴裕は思う。可愛い。

いつもこうしてわかりやすかったらいいのに、と吸い寄せられるように貴裕は晶真の腰を引き寄せて、桃色をした頬に触れた。

「俺も喋っていい？　誰かに、晶真のこと」

「や、やだよ」

「なんで」

「だってなんか変なこと言われそうだし、それに恥ずかしいし、……ば、ばれたら困るじゃん、相手が俺だって。一応、兄弟だぞ？」

「困らないよ。誰に知られたっていいし、それで終わりになる関係ならそれまでだ」

途端、晶真が痛むように顔をしかめた。

「――そういう言い方、貴裕らしくないよ。嫌だよ俺」

咎《とが》めるように見つめられ、あまやかに浮かれた気分があっという間に薄れて、かわりに苦い苛立ちが湧いてくる。

たとえば両親に知られてなじられればきっと悲しいだろうけれど、晶真との関係を諦めることに比べたら、比較にならない程度のことだ。

「晶真だって、俺とこうなったこと後悔してないって言っただろ」

「言ったけど、それとこれとは話が別だよ。貴裕が自分のこと悪く見せたがるの、俺は嫌だ」

「……でも、本心だ」

晶真こそなんで隠すの、と訊くかわりに、貴裕は顔を寄せた。鼻先を触れあわせて、俺は全然困らないよ、と繰り返して囁《ささや》くと、晶真がはっと息を呑んだ。

「た……貴裕。近いよ……っ」

抵抗しながら震えた晶真の唇を、貴裕は無理に塞ごうとした。

「やっ……め、」

強引に重ねようとした唇が触れるか触れないか、という刹那《せつな》、晶真の後ろのドアが無粋《ぶすい》な音をたててノックされ、晶真はびくりとし、貴裕はむっとしてドアを睨《にら》みつけた。

向こう側から、からかうような根津の声がする。

「おーい、仲直りしたらさっさと出てこいよ。店の奥で勤務時間中に不埒《ふらち》な真似はしないこと」

「しっ、してません！」

叫び返して晶真が貴裕の腕を抜け出し、ドアを勢いよく開ける。すぐそこに立っていた根津は人の悪い笑みを浮かべて二人を一瞥《いちべつ》し、手にしていた服を振った。

「これの試着してもらってイメージ固めるんだろ。マネキンにでも着せときゃいいのに」

「実際人が着たほうがいろいろ膨《ふく》らむじゃないですか！」

憤慨《ふんがい》しながら控え室を出た晶真は、根津の手から衣装を受け取ると、貴裕を見ないまま、「着てくれる？」と差し出してくる。ファンタジーにでも出てきそうな服には興味が湧かなかったし、正直そんなことよりも、気まずくなってしまったやりとりにきちんと決着をつけたかったが、もともと、仕事を手伝う約束で来ていたのだ。貴裕は受け取って、それを身にまとった。

「これ、なんの衣装？」

「小林《こばやし》さんの知り合いの劇団が、今度初めて大きい公演するんだって。このまえ、打ち合わせで貴裕の大学の近くに行くって話したでしょ？　それがこの仕事なんだ。それで衣装調達の相談に乗ってて、貴裕が着てるのは王子様の衣装だよ」

着るのを手伝ってくれながら、晶真が気を取り直したように明るい顔になった。

「衣装全部、俺が手伝わせてもらうんだ」

「すごいね」

「打ち合わせも多くて大変だけど、楽しいよ。公演がすごく楽しみ」

あれこれと服にまつわる仕事をするのが楽しくて仕方ないらしい晶真を見ていると、羨《うらや》ましいな、と素直に思う。

なりたいもの、やりたいことがある晶真は自分よりずっとちゃんとしている。

「時代ものなんだ？」

「ううん、現代ものなんだけど、王子様が出てきて、ちょっと変わり者で、でもいい人で、みんなには内心で馬鹿にされてる役。でも最後には本当に王子様になるんだ」

「……へえ」

よくわからない話だと思ったが、着終えた衣装はいかにも王子様という雰囲気だった。黒に金モールのついた上着に、ラインの入ったボトム。肩にかけられたのは赤いベルベット地のマントで、縁《ふち》に白いファーがついている。

数歩離れて、晶真が真剣な顔になった。

「うーん、やっぱりマントは豪華さには欠けるけど、服がよく見えるように肩につけて後ろに垂らすタイプのほうがいいかな。あ、茶色バージョンも着てくれる？」

「……わかった」

そんな調子で三着、着たり脱いだりを繰り返すと、晶真は納得したようだった。

「よし、こっちのマントはスーツのときに羽織《はお》ってもらうことにして、ベースは黒の服で、あとは細かい飾りがやっぱり見えないから、綬《じゅ》をつけるってことで」

満足そうに晶真が頷いていると、店の電話が鳴った。俺が出るよ、と根津が手を上げて、少し離れたカウンターに向かうのを見送って、貴裕はまとわされたマントを指でつまんだ。

「俺、役に立った？」

「すっごく立ったよ、ばっちり、ありがとう」

「これって、全部晶真が作ったの？」

「違うよ、そんなに予算ないから、中の服はありあわせだよ。それっぽく飾りをつけてるだけ。マントは作ったけど——やっぱり似合うね、貴裕」

かるく首を傾けて、晶真が嬉しそうに微笑む。

「国中の女の子の憧《あこが》れの的の王子様、って感じ」

そんなことをにこにこ言える晶真のほうが、よっぽど王子様だと貴裕は思う。心の綺麗《きれい》な、誰からも愛される王子様。

誰にも渡したくない、と心臓が疼いて、貴裕は意識して笑みを浮かべた。芝居《しばい》がかった仕草で晶真の手を取る。

「俺は生涯、あなただけのものです」

「……っ」

口元まで引き寄せたその手の甲に、目を見つめたまま口づけると、晶真はみるみる赤くなって手を振り払った。

強く摑む気のなかった晶真の手は思いのほか大きく振り回されて、近くのハンガーラックに強《したた》かに打ちつけられ、派手な音とともにラックが倒れた。貴裕は咄嗟《とっさ》にもう一度手を伸ばす。

「晶真、痛くなかった？」

「触らな……っ」

飛びのくように晶真が後退った。

過剰な反応に面食らい、貴裕は立ち尽くす。電話を切った根津が、顔をしかめて戻ってきた。

「おいおい、なにやってんだよ。喧嘩じゃないだろうな？　暴れんなよ？」

「……すみません、店長」

しおしおと謝りながら、晶真は貴裕のほうを見ようとしなかった。耳を赤くして、「貴裕もごめんね」と言われ、貴裕は胸にわだかまるおさまりの悪さを抱えたまま頷くしかなかった。

「――俺も、ごめん。驚かせた、よね」

「それ、もう脱いでいいよ。あとは一人でできる。ごめんね、手伝ってもらって」

「片付けるの手伝うよ」

「いいから！」

倒れたラックを直そうとして、強く遮られ、ざらりと心が荒れる。帰って、と小さくつけ加えられ、理不尽《りふじん》さをなじりたくなったが、今は言うだけ無駄だろう、とも察しがついた。

控え室でも無理にキスしようとしてしまったし、手にキスなんかした、自分のほうが悪いのはわかっている。

（あんなに嫌がられるの、初めてだ……）

溜め息を隠して衣装を脱ぐと、晶真のかわりに根津が受け取ってくれた。同情めいた眼差しを向けられ、貴裕はみじめな気持ちになった。

すみませんでした、と根津にだけ聞こえる声で謝罪して、店をあとにする。

秋の、すっかり冷たくなった夕方の空気が肺にしみた。寒さに身震いして、こんなはずではなかったのに、と貴裕は思う。

両思いになれたら、胸がよじれるようなせつなさや、想いが届かない苦しさとは無縁になるのだと思っていた。心配ごとはなにもなくて、もっと毎日があまくて、いちゃいちゃできて、いつでも晶真が嬉しそうににこにこしてくれるはずだった。

貴裕はそれを満ち足りた気持ちで、好きなだけ見ていられるはずだったのに、現実は想像とはあまりにかけ離れている。

満ち足りるどころか飢《う》えきって、焦りで一日だって落ち着いていられない。


根津に呼び出されたのは翌日のことだった。急な電話になにかと思えば、母からのお惣菜を預かっていると言う。

「……兄は？」

『仕事で外出中なんだよ。遅くまで戻ってこられないから、俺がかわりに渡しといてやるよって預かったんだ』

「……なんであんたが」

むっとして零れた本音に、根津は苦笑して、まあ取りに来いよ、と電話を切ってしまった。

無視してもよかったが、せっかくの母の手料理を無駄にするのは嫌で、仕方なく根津の店を訪ねると、根津はいつものように奥のカウンターの中にいて、スタッフルームから小ぶりな銀色のクーラーバッグを出してきてくれた。

開けると、ひじきの煮物や大根の煮物などがいくつもの容器にたっぷり入っていて、貴裕はありがたさとかすかな罪悪感に溜め息を飲み込んだ。

「お惣菜なんて、嘘かと思いました」

「俺がなんで嘘つくんだよ。——ま、ちょうどいい口実だとは思ったけどさ」

レジの脇に置かれた犬のぬいぐるみをいじりながら、根津が肩を竦《すく》める。意味ありげな視線を黙って見返すと、根津は飄《ひょう》々《ひょう》と言った。

「あんまり晶真を追いつめてやるなよ」

「——どういう意味ですか」

表情が強張るのが、自分でわかった。神経質に尖《とが》った声を後悔する気にはなれず、今度ははっきりと睨むと、根津は「うーん」と曖昧《あいまい》な応えをよこす。

「最初は喧嘩でもしてんのかと思ったんだよな。晶真があからさまに落ち込んでたから」

「喧嘩なんかしてません」

実際のところは昨日は喧嘩したようなものだったが、貴裕がそう言うと根津も頷いた。

「してないんだなってのは、昨日よくわかったよ」

相変わらずいちゃいちゃしてたもんな、と言う根津の声は呆《あき》れているようだったが、貴裕はせっかくの機会だ、とひらき直ってみせる。

「よくわかったでしょ。あんたがちょっかい出す隙《すき》もないって」

「根に持つなあ、おまえ。まあ、前は俺も悪かったけどさ」

犬のぬいぐるみの耳をひっぱりながら、根津は視線を投げてきた。

「そうやっておまえがところかまわず、あいつを独占してます、みたいな空気を出してるから、晶真も困るんじゃないの？　余裕がないのが丸わかりだぞ。晶真だって落ち着いて考えたいこともあるだろうに」

咎める眼差しと静かで理性的な口調に反論したかったのに、貴裕は咄嗟に声が出せなかった。胸がつまる。

そんなわけない、と反論できないのは、自覚があるからだ。

手にしたクーラーバッグの中に視線を落とすと、家庭的な惣菜の数々が目に痛かった。普段なら、晶真は母からの預かりものを他人に託《たく》したりはしない。

「自慢するわけじゃねえけど、俺はけっこう晶真には頼られてると思うんだよ」

宥《なだ》めるように、根津が穏やかに言った。

「今んとこ、晶真にとって一番相談しやすい相手は俺なんだろうしさ。あいつ意外と頑固だから抱え込むし、最近元気がないのにくわえて昨日からは完全に落ち込んでるから、今日は惣菜預かるついでにちょっと訊いてやったわけ。貴裕くんとはどうなんだよ、ってさ。親切だろ？」

よけいなお世話だ、と貴裕は内心だけで言い返したが、もう睨むことはできなかった。所在《しょざい》なく握りしめたクーラーバッグの持ち手が、手の中で軋《きし》む。

「晶真は、顔を押さえて『顔に出てます？』とか訊いて、見ててちょっと可哀想だったよ。中学とか高校のときに、向こうから頼まれて女の子とでかけたことはあっても、考えてみたら真剣に好きになったのは貴裕のことだけなんです、とか言って——だから、怖いんだってさ。可愛いよなあ。いかにも大好きです、って感じでさ」

「……」

「晶真の言う、怖いって気持ちは、おまえにもちょっとはわかるんだろ」

「……それは」

怖いんです、と根津の前でうつむく晶真を思い描くと、鳩尾《みぞおち》の奥深くがよじれるように痛んだ。根津は淡々と続ける。

「こんなこと俺に言われるの嫌だと思うけど、俺はおまえの気持ちもわからなくはないよ。せっかく両思いになったんだから、独占して、片時も離したくない、みたいなさ。こいつだけいればいい、ほかの人間は敵でもいいみたいな思考回路って、盛り上がってるときは気分いいんだよな」

くるりと犬のぬいぐるみを転がして、根津は自嘲するような笑みを見せた。

「俺も昔はそうだったよ。強がってたわけでもなく、お互い好きならそれでいいだろ、って本気で思ってた。その気持ちも嘘じゃないんだ。でもそれって、相手への気遣いには欠けてるよな」

「――わかってます」

「ついでに言うと、あんまりおまえには似合ってないな、とも思う」

「どういう意味ですか？」

たいしてつきあいのあるわけでもない根津に言われたくない、と思いながら残った意地をかき集めて見返すと、根津はぬいぐるみの尻尾《しっぽ》をからかうように振って見せた。

「おまえが自分で自分のことどう思ってるか知らないけど、俺は晶真とおまえはけっこう似てると思うよ。性格も顔も似てないけど、同じ環境で育ってきたんだな、ってわかるんだ。いい家族に囲まれて、ちゃんと躾《しつ》けられてて、基本的に優しい」

「――」

「そういうまっとうさがあれば、同性同士で、ましてや血はつながらなくても兄弟だったってなれば、罪悪感ぐらいあっても当然だよな」

ずきりと、予想しない強さで心臓が波打って、貴裕は唇を噛《か》んだ。

そんな言われ方をしたことはなかった。けれど、このあいだ実家で感じた居心地の悪さと、それでも晶真を独占したい気持ちが同居していたあの感覚を、言い当てられたような気がした。

あの両親ならもしかして快く受け入れてくれるかもしれない、という期待がないわけではない。同時に、それを余所者《よそもの》である自分が願うのは傲慢《ごうまん》だとも思う。百人に訊いて百人ともが、「それは素敵だね、おめでとう」と言ってくれる関係ではないからだ。

どうしてもつきまとう後ろめたさは、結局そういうことだった。恥じることはないと思っていたとしてもつきまとう、肩身の狭さ。

「おまえもそういうの感じてるんだろうなって、見てて思うんだよ。で、それを隠そうとしてるだろ」

「そんなんじゃ、ないです」

否定しながら、それが虚勢にすぎないと、自分自身がよくわかっていた。

「責めてるわけじゃない。迷ったり、後ろめたかったりしても、それは好きな気持ちが足りないとか、本当に好きなわけじゃないってことにはならないさ」

慰《なぐさ》めるように言われて、貴裕は顔を見られないよういっそう下を向いた。

悔しい。恋敵だったのに、自分が全然根津にはおよばない、取るに足りない子供のように思える。

「おまえも、晶真も、将来のことも考えなきゃならない時期だろう?」

思いのほか優しく、根津は続ける。

「だからあんまり焦らないでおけよ。晶真には、ずいぶん前から、将来はどうするのかよく考えろよって言ってんだけど、最近は弟くんとのことばっか考えてるみたいで、危なっかしいんだよなあ。いっそのこと海外に行く道もあるぞって勧めても、聞いてるんだか聞いてないんだか」

「海外!?」

はっとして思わず声をあげると、根津は貴裕の剣幕に驚いた顔をしてから苦笑した。

「そんな焦った顔すんなよ。CMとか、舞台とか、そういう非日常の衣装にも興味が湧いたみたいだったから、修行のつもりで一回国外に出るのもいいぞって言ったんだ。決まったわけじゃないし、一般論としては理解できるだろ？」

今度も、言い返せなかった。

ただ、一度もそういうことを——晶真が物理的に遠くに行ってしまうこともありうることを、考えたことがないことに気づいて、貴裕は呆然《ぼうぜん》とした。

「離れたくない気持ちはわかるけど、晶真が考える時間もちゃんと作ってやれよ、ってこと」

きしきしとアルミのように鼓膜《こまく》が根津の声で軋んでいる気がした。自分だって、思いが叶わないと知ったときには、離れていこうとしたけれど——両思いになったら一緒にいることしか考えていなかった。子供すぎる、と言われたら、反論のしようもない。

息苦しさに唇を噛むと、ふいに、クーラーバッグの上にカラフルなマフラーが置かれて、貴裕は顔を上げた。

根津が仕方ないな、とでも言いたげな顔で、「それ、晶真の忘れ物な」と言う。

「寒くなってきたってのにやたら薄着でそれ巻いてきて、仕事に行くとき忘れていったんだ」

「だったら、戻ってきたときに渡せばいいでしょう」

「可愛くないなあ」

ぺしん、と根津の手がかるく貴裕の頭を叩いた。

「せっかく口実くれてやってんだ、ありがとうございますと言え」

「……」

痛くない、親しみのこもった叩かれ方が不本意で、貴裕は唇をきつく結んだ。半分くらいは、すでに根津に降参しているのを悟られたくなかった。反抗的な貴裕の表情に、根津は余裕のにじむ大人の笑い方をする。

「せっかく、晶真に好かれたくて精いっぱい大人っぽく振る舞ってきたんだろ。両思いになったんなら、前より余裕持ってかっこつけとけよ。そうでなくとも、おまえより晶真のほうが、ずっと周りが見えてるんだからさ。おまえ、自分がどう振る舞ったらその結果どうなるか、って、あんまり考えたことないだろ？」

失礼な上におせっかいだ、とわずかに残った自尊心が胸の中で喚《わめ》く。けれど、ふわふわとやわらかい、パステルカラーがとりどりに入り混じったマフラーを見ると、わずかに残っていた強がる気持ちもしゅんと萎《しお》れた。

「まあ、せいぜい頑張れよ。若いんだからさ」

「——言われなくても頑張ります」

マフラーごとクーラーバッグを閉じて、貴裕は踵を返した。ぎこちなく会釈《えしゃく》だけして足早に店を出ながら、敗北感で身体がざわざわした。

焦るなよ、と他人に言われるまでもなく、焦ってはいけないとわきまえているつもりだったし、自分の子供っぽさやわがままさも、よく理解しているつもりだった。なにしろ、それで一回失敗している。

最後の家族旅行で、浴衣《ゆかた》姿の晶真に甘えられて、気持ちを抑《おさ》えられなくなったときがそうだった。

本当は、高校を卒業するまでは、どうあっても我慢すべきだと決めていたはずだった。せめてそこまでは、育ててくれた義理の両親にも背かずにいたかった。晶真に好きだと言ったり、手を出したりすれば今までどおりの関係でいられなくなるのは、さすがにわかっていたから。

なのに堪えきれなくて、無防備に信頼しきって傍《そば》に寄ってくる晶真をもっとほしくて――結果、逃げられた。

結局、あのときに晶真は恋心を自覚したというから、大失敗ではなかったかもしれないが、貴裕の予定では、あんなふうに逃げられたり距離を置かれたりせず、優しくあまくスムーズに、両思いになるはずだった。

こんなに回り道をするはずではなかった。両思いになりさえすれば、全部うまくいくような気がしていたけれど――世界に二人きりで生きているわけではないのだと、思い知る。

晶真も、今、どこかで同じ鬱々《うつうつ》とした気持ちを抱えているだろうか。

誰のことも不幸せにしたくない。でも、我慢すれば自分たちが幸せになりきれない。

（根津さんの言うことは、全部もっともだと思うけど）

ぎゅ、とクーラーバッグを握りしめ、貴裕は中のマフラーの色を思い描いた。幸せそのもののような、やわらかくて優しいパステルカラー。晶真によく似合う、明るい色。

晶真、と唇から零れた声は人混みの中では自分の耳にすら届かない。できるなら今すぐ晶真に会って、抱きしめて言いたい。

（根津さんの言うとおりだけど——でも、怖いとか、不安だとかは、せめて俺に言ってよ晶真）

それは二人の問題のはずだった。なんで俺には言わないの、と感情は晶真をなじりたくなる。言ってくれなかったのは、やはり自分が至らないからだ、と思うからこそ、言ってくれればよかったのに、と思わずにはいられなかった。

「俺より……根津さんのほうが大人で、悩みも聞いてくれて、包容力もあって、アドバイスもくれるかもしれないけど」

独りごちて、でも俺は晶真の恋人じゃないか、と唇を嚙む。

こんなにも苦々しい気持ちなのは、嫉妬しているからだった。

根津への嫉妬。

（将来のことだって、海外に行きたいなら、そういう大事なことはさ。俺は仕事に関しては部外者だけど、それでも、俺に言ってくれればいいのに）

貴裕の全部を晶真にあげたいように、晶真の全部も一番に自分に渡してほしい。

晶真の困った顔も頼りない表情も、笑顔も、全部貴裕のもののはずなのに。

理性を総動員してできるだけ冷静にしたためた、惣菜のお礼とマフラーを預かっている旨《むね》のメールには、「マフラーは預かってて。しばらく行けない」という短い文面が返ってきた。

今顔をあわせても、うまく話をしたり、ちゃんとした態度が取れる気がしなかったから、時間ができたのは貴裕にとっても幸いだった。

少し時間をおいたほうがいいのだろう、と思って連絡を控え、けれどそれも一週間もすると別の焦りを呼んだ。

晶真から、全然連絡が来ない。

もしかして、このまままなし崩しのように終わってしまったら——と思いつくといても立ってもいられなくなった。焦ってはいけない、と数えきれないほど自分を諌《いさ》めても落ち着けず、貴裕は綺麗に洗った容器を返すのを口実に、翌週末、実家を訪ねることにした。

二人きりではなく、家族の目のあるところなら、少しは冷静に言葉がかわせるかもしれない、と思ったからだった。

逃げられたくなくて、敢《あ》えて晶真にも両親にも連絡せずに日曜日の夜に実家に戻ると、母は驚きながらも嬉しそうに迎えてくれたあと、困った顔になった。

「せっかく来てくれたんだけど、夕方から晶真、部屋から出てこないの。具合が悪いわけじゃないと思うんだけど……寝てるかもしれないから、貴裕が起こしてみてくれる？」

「──わかった」

「カレー煎餅《せんべい》があるからお茶淹れておくわね。ご飯は食べた？」

「一応食べた」

「次来るときは腹ペコで来てね」

残念そうな母に思わず笑みを返してから、貴裕はそっと階段を上がった。

もしかしたら家にはいないかもしれないと思っていたから、いてくれたのはよかったが、閉じこもりきりだなんて晶真らしくない。

二度、晶真の部屋のドアをノックしてみたが、返事はなかった。入るよ、と声をかけてドアを開けると、いるはずの晶真の姿がなくて戸惑う。見回すまでもないこぢんまりした、暗い室内に目をこらそうとしたとき、隣の部屋──貴裕の部屋のほうから物音がした。

眉を寄せて、貴裕は自分の部屋だった場所のドアを引いた。開けた途端、出てこようとしていたらしい晶真の姿が目に飛び込んできて、二人とも息を飲む。

「……ご、ごめん」

先に口をひらいたのは晶真のほうだった。薄暗がりでもわかるほど顔を赤くして、身を縮めるようにして謝られ、いいけど、と言いかけた貴裕は、晶真の格好に気づいて口をつぐんだ。

服が、乱れている。ストライプのシャツのボタンは一番上は留まっているのに三つ目が外れているし、ウエストのボタンも留められていなくて、一瞬誰かに襲われたのか、と考えかけて、思い至った。

ジーンズのジッパーの部分が、膨らんでいる。

後ろに尻を突き出すような、前かがみ気味の体勢。

「――オナニーしてたの？」

「ち……ちが、」

否定しようとして、晶真は深くうつむいた。せわしなく前髪をひっぱる指が小刻みに震えている。

それを見ると貴裕はくらりと目眩《めまい》がして、ごくり、と喉《のど》が鳴った。

抑えていたいろいろなものが腹の底から膨れ上がってくる。触れたい。なにもわからなくなるまで抱いてしまいたい。

「……ちが、くて……あの、」

「違うなら、俺の部屋でなにしてたの？」

低く響く自分の声が奇妙に遠く聞こえた。無意識のうちに晶真の腕を握りしめると、晶真は竦むようにして首を横に振った。

「ごめん……ほんとに、ごめん。いつもじゃないから……っ」

「いつもじゃないけど、今日はしたんだ？　俺の部屋で？」

腕を摑んだ手に力をこめて、晶真を部屋の中に押し入れる。

よろめく晶真をドアの脇の壁に押しつけて、ドアを閉じると、晶真はまた「ごめん」と呟いて、貴裕は腹の底のほうが熱くなるのを感じた。

「オナニーするほど俺が好きなら、どうして避けるの？」

「……、」

「なんで黙るの？」

「──」

黙ったまま唇を嚙みしめる晶真が悲しい。根津さんにはいろいろ言うのに、と思うのと同時に、「追いつめるなよ」というアドバイスを思い出したが、煮えたような熱は治まらなかった。どころか、嫉妬の苦い記憶が、いっそう欲求を駆り立てる。

「抜いてあげる」

貴裕は身体を押しつけた。びくりとする晶真の股間に触れ、ジーンズの上からでもはっきりと主張する塊《かたまり》に唇を歪《ゆが》めて笑う。

「こんなに硬くしてたら、もう濡れてるんじゃない？　晶真、すぐ濡れるもんね」

「や……っ、やめろよ……っ」

「大きい声出したら、下に聞こえちゃうよ」

「ばっ……だから、だからだめなんだろ……っ」

晶真が身をよじる。貴裕はそれを許さず、ジーンズのジッパーを引き下ろした。薄い下着越しに晶真のものをてのひらで包むと、湿った手触りに身震いしてしまう。

「ほら、やっぱり濡れてる」

「や……あっん、んぅ、」

揉《も》まれ、声をあげかけた晶真は手で口を塞いだ。抗議するように睨む眼差しは貴裕が見返すと気圧《けお》されたように逸らされ、貴裕は耳元に唇を近づけた。

「俺がおあずけ食らってるあいだ、晶真は一人でしてたんだ。ずるいよね？」

「んんっ……う、……っ」

濡れた下着を意識させるように数度擦ってから、貴裕はジーンズごとそれを下ろした。尻の半ばまで下ろすと性器がぷるんと飛び出し、つう、と透明な雫《しずく》が糸を引く。

「こんなに濡らして、えっちだなあ。扱《しご》いてあげるね。俺は晶真の声聞きたいけど、母さんたちにばれるのが嫌だったら我慢してもいいよ」

「やめ……っ、ん、ぅ、……っん、」

わざと焦《じ》らすように指で幹《みき》をなぞり、耳朶《じだ》を咥《くわ》えるようにして声を流し込む。

すべすべして気持ちいい晶真の陰茎は、濡れているせいで指に吸いつくようだった。指を絡ませ、敏感な裏側の筋に指先があたるようにして、根元からくびれまでをゆっくり扱くと、晶真がくぐもった声を当げて身体を震わせた。

　すぐ目の前の睫毛の縁には涙がにじんでいる。貴裕はそこに舌を這《は》わせながら、指の輪でくびれをめくるように擦ってやった。

「……っ、んぅーっ……！　ん、く……んっ」

　たっぷり溢れてくる先走りで、擦るたびにくちゅくちゅと濡れた音がたつ。手に絡む晶真のぬめりは晶真自身よりずっと素直で、貴裕はその場で膝をついた。

　慌てたように、晶真が目を瞠《みは》って見下ろしてくる。

「た、貴裕、それだめだって！」

「されたことある？」

「あるわけないだろ！　だめだ――ちょ、……やめっ……あ、ひぁ、」

　叱るような口調を無視してぱくりと先端を咥えると、晶真はまた手で口を覆った。邪魔なジーンズと下着を膝まで下げ、貴裕は小ぶりな尻の丸みに両手を這わせて、鋭角に勃《た》ち上がった晶真のものを唇で締めつけた。

「ふっ……ん、……っ、んん……ッ」

「ん……晶真の、おいしいよ」

「馬鹿……っ、や……ふっ、ぁ、……ぅ、」

　じゅるりと吸い上げると掴んだ尻と太腿がびくびくする。貴裕は弾力のある双丘《そうきゅう》に指を食い込ませて揉みしだき、唾液《だえき》をまぶすように茎を舐《な》めた。

殺しきれない声を漏らしながら耐えている晶真の顔は苦しげだった。

可哀想だ、と貴裕まで胸が痛くなるのに、どうしてかもっといじめたくなってしまう、たまらない表情。

じっと見上げながら赤く膨らみきった先端のスリットを舌先でつつくと、晶真はがくりと仰のいた。もっと吸ってほしがるように腰が小刻みに跳ねて、貴裕は唇を亀頭につけたまま笑った。

「もう達きたいんだ？」

「んんんっ……、や……、も、や」

「やめたら、晶真が自分でして俺に見せてくれる？」

「すっ……るわけ、な……だろ……っ」

「じゃ、飲むね。——達ってみせて？」

脅《おど》すように低く囁き、改めて性器を咥える。舌を動かして一番太い部分を刺激しながら、音をたてて啜《すす》ってやると、性器と晶真の胴体がびくんと跳ねた。

「う、く……っ、ん、ぅ——！」

抑えた呻《うめ》きとともに口の中にぬるいものが溢れた。

斜めに顔を逸らして声を飲み込もうとしながら、射精の快感に目元を染めている晶真の表情をじっと見つめ、貴裕は射精が終わるのを待って、喉を鳴らして飲み込んだ。

だめ押しのようにちゅるちゅると残った分も啜り出して口を離すと、晶真はかくりと膝を崩した。

「おっと……、感じすぎちゃった？」

「た、貴裕が……あんなことするからだろっ」

「こっち来て。拭いてあげる」

掠《かす》れた声で怒る晶真の身体を抱きかかえるようにして、家を出たときのまま置かれているベッドに導くと、晶真は何度もかぶりを振った。

「自分でやる……っ、もう、触られるのやだ、」

身じろいで嫌がる晶真が悲しかった。どうしてだよ、と思う。落ち着くまで、と待たせて不安にさせたくせに。あかの他人には相談なんかして——貴裕のことは遠ざけたりして。

せり上がってくるのは火のような欲望で、貴裕はそのまま晶真をベッドに押さえ込んだ。

「拭いたら、またしてあげる。させて——したい。触るだけでいいから」

「嫌だ、ってば……、ん、……っ」

逃げようとする晶真に焦れて唇を塞ぐと、晶真はぎゅっと身体を硬くして目を閉じた。ぽろりと、眦から涙が転がり落ちる。

それを見ると、ずきりと心臓が痛んで、浮かされたような熱が冷えた。

堰《せき》を切って溢れていた欲望は昇華されないまま固まって、貴裕は差し込むはずだった舌を引き、キスをやめた。

泣かせたいわけではなかったのに——泣かせてしまった。

黙ってティッシュで晶真の下肢《かし》を拭うと、晶真は恥じるようにシャツの裾をひっぱった。貴裕はティッシュを捨てるついでに晶真から距離を置き、彼がもぞもぞと服を直すのを黙って見ていた。どうしてうまくいかないのだろう。

気まずい沈黙を破ったのは晶真のほうだった。

「あの……ほんとに、ごめん。貴裕の部屋で、とか、貴裕が怒るのも当然だと思う」

そう言われて、素直に貴裕からも「ごめん」と言えばいいのに、どうしてか、そうできなかった。そんなことを謝ってほしいわけじゃないのだ。無性に悲しくて悔しい。そうして、そんなふうに感じる自分が情けなかった。

貴裕はじわりと声を押し出した。

「俺が怒ってると思うの？」

「――怒ってるじゃん」

「腹は立ってるけど、あんたが俺の部屋でオナニーしてたからじゃないよ。わかってるくせに……わざとはぐらかしてるの？」

「は、はぐらかしてない！」

低い、優しくない貴裕の声に、晶真はまだ濡れている瞳を向けてくる。

「貴裕が、その、俺としたいって思ってるのは、知ってるよ。知ってたけど、知ってたから……恥ずかしくて――」

「……どういう意味？」

まさか自分とセックスするのが嫌だったのかと、貴裕の声はいっそう低くなった。晶真はうつむいて、何度も前髪をひっぱる。

「——貴裕、いっぱい、触るんだもん」

「触られたくないわけ？」

「……さわ、られると、俺、おかしくなるから」

掠れるほど低い問いに返ってきたのは、弱い、消え入りそうな声だった。晶真は前髪のかわりに今度はシャツの裾をいじって、溜め息をつく。

「このまえ、二回目、して……あの、初めてのときも、こんなに気持ちいいならもっと早くすればよかったって思うくらいだったけど、二回目は、なんか……よくわかんなくなるくらいで、死んじゃうって思って」

「……え？」

予想したのと違う方向性の答えに、一瞬貴裕はぽかんとした。晶真は恥ずかしげに身を縮めている。

「あれから、俺、なんか変になっちゃった気がするんだ……」

「変、って？」

「貴裕がキスしようとしてくれてる、って思うだけで、身体の奥のほうが痛くなって……」

貴裕は呆然と、身体を縮めるようにしてぽつぽつと喋る晶真を見下ろしていた。

気持ちいい？

死んじゃうと思った？

「実際キスされたわけじゃなくても、すごく、か……感じる、みたいになって……すぐ、その、勃……っちゃう、し……俺変だ、って意識したら、貴裕がそばに来るだけでそわそわするようになっちゃって、貴裕と一緒にいるの嫌じゃないのにすごい緊張して、ずっと胸が苦しくて」

こんなんじゃ、と晶真は独り言のように呟いた。

「こんなんじゃ、すぐ母さんと父さんにもばれちゃうと思って」

声が苦しげに揺れて途切れ、貴裕はきゅうっと喉元まで熱いものがこみ上げるのを感じた。

（——それなら、なにもだめじゃないのに）

きっと今、晶真が感じているだろう苦しさが、たまらなく愛おしい。

晶真はそろりと顔を上げ、貴裕の顔を窺《うかが》うように見た。

「貴裕のこと好きだって思うのは、もうなかったことにはできないし、もし誰かに間違ってるって言われても、悲しいけど、恥ずかしいとかは思わないんだ。でも……なんか、今の俺って盛りのついた犬みたいで、そういうのはすごい恥ずかしいし、俺がそわそわしてるせいで両親にばれたりしたら、悪いことしてるって思われちゃいそうだし、でも普通にしようと思うとよけいにどきどきしちゃうし——こんなになっちゃってどうしようって悩んでたのに、今日も貴裕の分のマフラー編んでたらいろいろ思い出して我慢できなくなっちゃうし、もう、もう俺……」

最後は切羽《せっぱ》詰まったような早口になって、晶真は乱暴に目元を擦った。嗚咽《おえつ》がかすかに聞こえて、貴裕は迷った末に晶真の横に腰を下ろした。

「それって、晶真は、俺のことがすごく好きってこと？」

「——なんで今さらそんなこと訊くんだよ」

むっとしたように、晶真が赤い目で睨んだ。

「このまえだって、ちゃんと言っただろ」

「うん。そうだね。聞いた。……そうだよね」

でも足りなかったんだ、と心の中だけでつけ加えて、ようやく、貴裕は気持ちが緩《ゆる》むのを感じた。

信じているつもりで、晶真の気持ちを知っているつもりで、でもそれを確かめる術は、身体をつなげることしかないような気がしていた。長いあいだ仲のよすぎる兄弟だったせいで、普通に触れあうくらいでは、「恋人」ではないような気が、していたのだ。

「さっき、晶真が本当に嫌がってたのに——ひどいことして、ごめん」

素直に謝罪が口をつき、はっとしたようにこちらを向く晶真にも自然と微笑みが浮かぶ。

「俺、最低だったね。泣かせたりして——でも、晶真はもっと違うことで悩んでるんだと思ってたから、よかった」

「よくない。全然、よくないよ」

ごしごしと何度も顔を擦って、晶真が憮然《ぶぜん》と言い返す。

「俺が我慢できないせいで、貴裕が悪いわけじゃないのに、責められたりしたら困るだろ。本当は――誰にも眉をひそめられたりしないように、俺のほうがちゃんとしてなきゃいけないって、思ってたのに、こんなの、情けないよ俺」

「……ごめんね、一人で悩ませて」

謝りながら、貴裕はふつふつと湧いてくる熱い感情に促《うなが》されて、晶真の肩を抱き寄せた。

「母さんたちから毎日俺のこと訊かれたりしたら、晶真、板挟みで苦しかったよね」

「……うん」

腕の中で身じろぐ仕草まで、貴裕の心をあたたかくする。小さな頭に頬を擦り寄せると、しみとおるぬくもりで肌が粟立《あわだ》った。

「でも俺、今やっぱりすごく嬉しいよ」

「嬉しい？」

「だって、もしかしたら晶真、やっぱり後悔してて、俺のことは好きだけど、エッチしてみたらこういうことじゃなかったって思ってるのかと――俺が、なにか晶真を傷つけたのかと、思ってたんだ。同居のことだってあれっきり、はぐらかされてばっかりだったし」

「それは……ちょっとのあいだそばにいるだけであんなにどきどきするのに、同居したらほんとにおかしくなると思って……」

「ああ――晶真」

どうしよう可愛い、と思うと深い溜め息が出て、貴裕は晶真の肩を撫でた。自分よりも薄く、丸い骨のかたちのわかる華奢《きゃしゃ》な肩。

「逆に考えて、ずーっと俺とくっついてたら、慣れるかもよ」

このままずっとくっついていられたらいいのにと思いながら囁くと、晶真は恨めしげな眼差しを向けてきた。

「もし、慣れなかったら？」

「……それはやってみないと」

「やってみて慣れなくて、今よりひどくなったらどうすんの」

真剣に言われて、際限のない愛しさで胸がいっぱいになった。貴裕は両手できつく晶真を抱きしめる。どうしてこんなに晶真が好きなんだろう。

絶対に嫌いになれない、と思いながら、背中を撫でて頬ずりした。

「俺、晶真が好き」

「――貴裕」

「だから、晶真が俺にどきどきするって言ってくれてめちゃくちゃ嬉しい」

「……うん」

そろりと、晶真の手が貴裕の背中に回る。隙間なく寄り添う二人の身体を意識しながら、貴裕は晶真の耳に口づけた。

「先に、俺から母さんたちに言ってもいい？　晶真が隠しておけなくてばれちゃう前に」

「え……言う、の？」

困ったような晶真の声が貴裕の胸でくぐもった。うん、と頷いて貴裕は目を閉じる。

「こういうのは、本当は俺がちゃんとしないといけないよね。晶真、嘘をつくのに向いてないし、隠しておかなきゃって思うのもプレッシャーなんじゃないかな。だったら、打ち明けたほうが、俺はいいと思う」

「――でも」

「俺は二人に罵《ののし》られる覚悟はできてるし、晶真のことは絶対嫌いになんかなれないから、いつでもいいよ。今、言ってきてもいい。晶真がなにかつらいと思ってるなら、そのために、俺ができることがあるならなんでもするよ。頼りないかもしれないけど」

早くこうすればよかった、と貴裕は思った。もし実際に両親やほかの誰かに咎められたらきっと悲しいだろうけれど、困難を引き受けずに逃げるのは間違っている。

「貴裕は頼りなくなんかないよ。でも、罵られるとか、だめだってば」

ぐ、と晶真が身体を離した。涙の残る瞳が、きらきらと貴裕を見つめてくる。

「貴裕だけにつらい思いをさせるなんて嫌だよ。もし責められたら、矢面《やおもて》に立つのは俺のほうだから」

「晶真はなんにも悪くないのに？」

「だって、父さんや母さんが悩むかもとか、貴裕が肩身が狭い思いするかもとか、嫌な思いするかもってわかってて――我慢できなかったのは俺だから」

晶真の手が、ぎこちなく貴裕の髪に触れてくる。

「自分が、どれだけ欲ばりで、みっともないかは、俺が一番よくわかってるよ」

自嘲してみせる晶真は少し苦しそうで、けれどとても綺麗だった。薄暗い室内が嘘のように、晶真だけきらめいているようだ。あたたかい、やわらかい、弾むようないくつもの色が発散されて、こんなに綺麗な人はほかにいない、と貴裕は思う。

この人が幸せでいられるように、自分と一緒に幸せになってくれるように、できることはきっとたくさんある。そのためには誰かを傷つけるだとか単純な方法ではなく、もっと細《こま》やかで、丁寧で、できるだけみんなが幸せになれるような手段が。

「じゃあ、俺と晶真で、二人で言う？」

鮮やかな瞳を見つめながらそう言うと、晶真は数秒考えてから、ゆっくり首を横に振った。

「先に、俺に話させて」


揃って一階に降りると、リビングからは父の声も聞こえた。

ここで待ってて、と晶真に言われた貴裕は、廊下に一人残って、磨《す》りガラスのはめ込まれたリビングのドアを見つめた。

あんたなにしてたの、と問う母親の声に、ちょっと仕事してて、と答える晶真の声はいつもより硬い。ダイニングテーブルの椅子《いす》を引く音。

「それで、母さんと父さんに、話があって」

「なんだい、そんな改まって」

呑気《のんき》に笑ったのは父だ。母の声はしなかった。しん、と沈黙が降り、実は、と切り出す晶真の震えた声が、鮮明に貴裕のところまで聞こえた。

「俺、貴裕とつきあってるんだ」

「……晶真と、貴裕が、……え？」

おっとりのんびりしている父は困惑しているようで、「え？」と何度も繰り返している。

「つきあうっていうのは、えっと、好きっていう意味なんだけど」

母は、父よりもずっと落ち着いているようだった。

「いつからなの？」

「——夏くらいから」

「それは、今年の？」

「……うん」

晶真が肯定するとまた沈黙が流れて、やがて、父が困ったように訊いた。

「その、好きっていうのは、本当に、そういうことなのかい？　兄弟じゃなくて？」

「兄弟じゃなくて、恋人として、好きなんだ」

緊張した晶真の声は、それでもきっぱりしていた。

「ごめんなさい。兄弟でいなくちゃって思ってたけど――悪いのは俺だから」

「悪いって、晶真……」

「貴裕のこと、たぶらかしたみたいなものなんだ。本当は、いい兄でいなくちゃいけなかったのに、俺が自分勝手で欲ばりだから、こんなふうになったけど……」

「それは、後悔してるってことなの？」

冷静に訊く母の声に、貴裕は知らず拳《こぶし》を握りしめた。見えないドアの向こうをじっと見つめる。晶真はどんな顔をしているだろう。

「後悔は、してない。悩んで、だめだって思っても、好きだから」

迷いのない静かな晶真の声を聞くと、握った拳が震えた。

「俺は――俺が、貴裕を、好きなんだ」

まるで貴裕に聞かせるようにはっきりした、噛みしめるような晶真の言い方に、かなわないな、と貴裕は思う。

こうやって、晶真はいつも貴裕の少し先を行ってしまう。

出会ったときから変わらず、貴裕のひそかな願いを、簡単に叶えてくれてしまう。

言葉だけでは足りない、なんて思う隙もないほど、晶真の声は真摯で、顔も見えないのに貴裕の胸を熱くする。

「それなら、自分のことを悪く言うのはやめなさい晶真」

震えそうな手を貴裕がドアに手を伸ばしたとき、叱るように母がそう言った。

「必要もないのに自分を卑下《ひげ》するのはよくないわ。それに、人をたぶらかしたり、不道徳なことをするような息子を育てた覚えはないもの」

「うん。母さんの言うとおりだ」

黙っていた父がおっとりそう相槌《あいづち》を打った。きっと母の顔を見つめて、穏やかな表情で頷いているのだろう。

母さん、と晶真の感極まったような震え声がして、母は「実はね」と声をやわらげる。

「私は、もしかしたら、って薄々感じてたの。貴裕はずいぶん前から、もしかしたら晶真を好きなんじゃないかなって思ってたし――最近の晶真は挙動不審《きょどうふしん》だったしね？　あんた、ほんとに隠しごとが下手だから」

「……ごめん」

「謝ることはないわよ。むしろ今日、ちゃんと言ってくれて嬉しかったわ。賛成できるかって言われたら、諸手《もろて》をあげて大賛成とは言えないけど。だってそうでしょう？　普通の幸福だって、かけがえのないものだと思うのよ。誰にも変な目で見られたりしない、当たり前の幸福って素敵よ。だから、寂しい気持ちもある」

「——はい」

「でも、晶真も貴裕も、二人とも素敵な人間だってことも、私とお父さんが一番よく知ってる。だから、それがあなたたちの選択なら、見守りたいと思うわ」

理性的で、丁寧で、思いやりに満ちた言い方が母らしい。聞いているといっそう胸が熱くなって、貴裕はてのひらで心臓の上を押さえた。熱いように痛い。ドアの向こうでは、晶真の掠れた声がした。

「……母さん、俺……っ」

「嫌ねえ、泣かないで。絶対に卑下しちゃだめよ。恋が実るのって、とても素敵なことなんだし」

「うん……っ、うん……」

掠れた晶真の声はびっしょり濡れていて、貴裕はたまらなくなってドアを開けた。三人がいっせいに振り向いて、まだ少し戸惑いの消えない父の顔と落ち着いた母の顔と、涙まみれの晶真の顔を見ると、今までにないほど、申し訳ない気持ちになった。

血のつながらない子供を引き取って、大切に育ててくれた、優しい人たちを傷つけたってかまわないと考えていた自分は、どれほど、傲慢だっただろう。

「……すみません」

自然に口をついたのは謝罪の言葉で、貴裕は深く頭を下げた。

「育てていただいたのに、こんなふうになって、憎まれても仕方ないと思っています」

「貴裕……っ」

晶真が音をたてて立ち上がり、駆け寄ってくる。強い力で腕を摑まれて、涙で濡れた頰と泣きはらした目を見ると、また胸が疼いた。

こんなに泣く晶真を見るのは、この家に引き取られて最初の喧嘩をしたとき以来だと思う。貴裕の幼い苛立ちで、泣かせてしまったとき。

「謝るくらいならお礼を言ってちょうだい貴裕」

やんわりと、母が微笑んだ。

「こんなに素敵な人を産んでくれてありがとう、とかね」

「……母さん」

「そうだよ貴裕。——貴裕は今、幸せかな？」

母と並んで座った父が、穏やかに目を細めた。貴裕は自分に寄り添う晶真を見下ろし、それから父を見つめ返して頷いた。

「すごく」

「だったらいいよ。孫の顔を見られないのは残念だけど——もともと一人だった息子が二人に増えただけでも、長年我が家は幸せだったからね。それが少し違うかたちになっても、幸せが壊れてしまうわけじゃない」

嚙みしめるような父の声は優しかった。戸惑いの消えた顔は普段どおりののんびりした表情で、そうしていつもよりも、さらに労《いたわ》りに満ちていた。

「幸せのかたちは一つじゃない。みんな違っているのが、きっと当然なんだ。だから、おめでとう」

「……父さん」

くしゃりと晶真が顔を歪ませて、片手で目元を拭った。お父さんもたまにはすごくいいこと言うだろう、と朗らかにおどける声が痛いほど優しくて、母が「お茶を淹れ直そうね」と立ち上がった。

「冷めちゃったから。カレー煎餅食べるでしょ、貴裕の好きなやつ」

「うん。――ありがとう」

家族だな、と思う。晶真の、だけでなく、自分にとってもこの四人が、かけがえのない家族だ。

万感の思いをこめて感謝して、貴裕は泣きやめないでいる晶真の背中をそっと撫でた。


さくさくとおいしい煎餅を食べて思い出話をしているうちに遅くなり、母が「泊まっていきなさいよ」と言ったとき、貴裕はそうしてもいいな、と思った。

けれど、遮ったのは晶真だった。

「貴裕と二人でゆっくり話したいから、貴裕の家に行ってくる」

「――そう」

寂しそうに、でもほんのり嬉しそうに、母は頷いた。もう寒いから気をつけてね、と穏やかに言われて、貴裕は気恥ずかしく頷いた。

二人で一度二階に戻り、晶真に手を引かれて晶真の部屋に入ると、晶真はずっと使っている机の上のかごの中からマフラーを取り出した。

「あれ？　それ……」

根津から預かったマフラーは、迷ってマンションに置いてきた。できれば自分の部屋にまた晶真に来てほしかったからだ。

だが、今晶真が手にしているマフラーは、そっくり同じ、パステルカラーがいり混じるカラフルなものだった。

首を傾《かし》げた貴裕に、晶真が照れくさそうに笑う。

「これね、お揃いにしたいなと思って作ってたんだ。まだ途中なんだけど、もうすぐできるよ」

言われてよく見れば、編み棒がついている。一メートルほどの編み地を撫でながら、晶真はそれを愛しそうに見つめた。

「夏に、俺がお揃いの服がほしいって言ったでしょ。それからずっと、なにがいいかなって考えてたんだ。貴裕があんまり乗り気じゃなかったから、そんなに目立たなくて、でも毎日使えるものがいいなあと思って。マフラーだったら少しカラフルでも、貴裕も抵抗ないよね？」

ね？　と見つめられ、貴裕は困ってマフラーを見た。何度見ても同じ、ピンクや白や水色がランダムに混じった、可愛らしい色彩だった。

「……パステルカラーだね」

「嫌？」

「嫌、じゃなくて、晶真には似合うけど、俺には似合わないなと思って」

「似合うよ、大丈夫だよ、貴裕がしたらすっごくお洒落《しゃれ》でかっこいいよ！」

元気よく言いきられて、ほら、と首元にマフラーをあてがわれ、くすぐったさと愛しさで身体がふわふわした。

「ありがとう、晶真」

顎《あご》の下にある晶真の手を両手で包んで、貴裕は顔を近づけた。ふわっと見ひらかれた晶真の目がすぐに伏せられて、貴裕は短く、触れるだけのキスをした。

ぬくもりと、質感だけをわけあうキスに、晶真が小さく溜め息をつく。

「貴裕……大きくなったね。背、伸びただろ」

「はかってないけど、たぶんね。まっすぐ立って比べてみる？」

「いい」

うつむいて、額をマフラーごと貴裕の鎖骨《さこつ》あたりに押しつけるようにして、晶真は呟いた。

「なんか嫌だからいい。……あーあ、背はあんまり、負けてないと思ってたのに」

拗ねた声には、暗い色はない。可愛い、と何度目ともしれない感慨に心臓が痛んで、貴裕は晶真の腰を引き寄せた。

「ほかのところは、全部俺が負けてるからいいんだよ」

「ほかって、どこ？」

「好きなことがあって、仕事に情熱があるところとか。優しいところとか」

「貴裕のほうが優しいと思うけどなあ」

納得できないような声も可愛かった。胸があたたかい。身体に直接晶真の声が響く感覚が、たまらなく心地よい。

行こうか、と晶真に促され、行ってらっしゃいと見送られて家を出ると、夜空が綺麗に晴れていた。夏と違い、漆黒《しっこく》に近い空に浮かぶ星の光も硬質に見えて、貴裕は隣に並ぶ晶真を見下ろした。

「晶真、こないだ俺があげたチョコレート食べた？」

「店に持ってきてくれたやつ？　食べた、けど」

急な話題に戸惑ったように晶真が見上げてくる。近い距離がくすぐったくて心地よい。

「あれ、一番最初に晶真が、俺にくれたものだよ」

「……そうだっけ？　あげたのは覚えてるけど……あれが、最初だった？」

「そうだよ。そこからいろいろ、わけてくれたけど、最初のときが一番どきどきして、嬉しかったな。甘くて、いろんな色があって、きらきらしてて、たくさんあって――どきどきするんだ」

今もどきどきしている、と貴裕は思う。晶真と誰もいない夜道を歩きながら、二人にしか聞こえないような声で会話して、幸せで胸が高鳴っている。

それが、きっと声と同じくらい明確に、晶真にも伝わっている気がした。

「こんなにたくさんもらってるのに、もっとほしがってごめんね。――俺、ずっと焦ってた」

手を伸ばし、そっとつなぐと晶真はかすかに身じろいだ。逃げようとするのではなく、晶真から指が絡み返されて、貴裕は熱い目をまばたかせた。

「晶真に好きって言ってもらっても、全然足りなかった。晶真が大好きで、好きでたまらなくて、ちょっとでも離れてるのが嫌だったんだ。嫌で、さっきもひどいことして――ごめんね」

きゅ、と握りしめて呟くと、晶真が優しい笑い声をたてた。

「わかってたよ。俺だけが貴裕を好きなんじゃなくて、貴裕も好きって思ってくれてるんだろうなってわかってたから、たぶんよけいに怖かったんだ。どうにか、なっちゃいそうで」

「晶真より、俺のほうがいっつもほしがりだよ。そばにいるだけでどきどきするって晶真は言ったけど、俺はどきどきどころかむらむらするもん。――ずーっと昔から、そうなんだ。お化け屋敷で手をつないだときも、旅行で浴衣着た晶真を見たときも、触りたくて、ぎゅってしたくて、どうして晶真は俺の恋人じゃないのかなって、思ってた」

ちっとも威張《いば》れない、情けない告白を、晶真はそっと寄り添って聞いていてくれた。

「みっともないよね」

「そんなことないよ。――貴裕の、そういうところ、すごいなって思うし、……嬉しい」

至近距離で見上げて、晶真は本当にほっとしたように微笑んだ。晶真は俺を甘やかすのがうまいなあ、と思いながら、貴裕はつないだ手を自分のほうに引き寄せた。

「晶真が海外に行くときは、ついていってもいい？」

「……店長に聞いたんだ？」

「うん。嫉妬で、焦《こ》げるかと思った」

真剣に打ち明けたのに、晶真はくすくす笑う。ぽんぽんと背中を叩く、兄らしい仕草と同時に、頬をすり寄せる仕草は甘える子犬のようだった。

「店長には勧められたし、選択肢としてはありだなとも思うけど、今すぐ行くつもりはないよ」

「そうなの？」

「うん。絶対に行きたい！　って思う日が来たら行くと思うけど、今は、新しく会う人と新しい仕事するだけでもすごく楽しくて、ここにいたい、って思ってる」

そう言う晶真の声は落ち着いていて、貴裕はひそかに胸を撫で下ろした。せっかく両思いになって、両親公認にもなって、なのにその途端に離れ離れは嫌だなと思っていたのだ。

子供っぽいな、と反省しつつ、今度は貴裕から晶真の顔を覗き込む。

「次、迷うことがあったりしたら、俺に言ってよ。役に立たないかもしれないけど」

「――わかった。ちゃんと言うよ」

頷いて、晶真は恥ずかしそうに微笑んだ。

「ちゃんと言うのって、大事だね」

ほうっと息をついた晶真は前を向いて、つないだ手をかるく揺らす。

「さっき、母さんたちと昔話したら、すごくなつかしくなって、それで、すごくよかったなって思ったんだ。貴裕と一緒に育ってこれて、それで、離れ離れにならないで、今も二人でいられるって、すごく幸せなことだなって」

「——うん」

「昔話なんてさ、もし、俺が一人で悩んで、貴裕のこと言わないでいたら、きっとしなかったよね。父さんとか母さんの気持ちも知らないままだったし……だから、ちゃんと向き合って、話すのって、大事だよね」

一つ一つ、自分の感情を確かめるような話し方を聞くと、どうしてか目が潤んできて、貴裕は戸惑いながら頷いた。

「そうだね。俺も——これからは、晶真にちゃんと言うよ。ちゃんと、晶真とわけあいたい」

「うん」

静かで穏やかな気持ちなのに、うねるように高まる感情が、溢れてしまいそうになる。悲しくもないのに泣きたくなるなんて、と思いながら、貴裕はもう一度晶真の手を強く握った。

晶真はふっと貴裕を見上げ、ごく真面目な顔のまま、立ちどまった。訝《いぶか》しく思う間もなく踵《かかと》を上げた晶真の顔が近づいてきて、かるく唇が触れあう。

舌を入れて、とろとろになるまで絡みあうのもいいけれど、そうせずに触れるだけのキスをするのは贅沢《ぜいたく》だ。

いつしてもいいからこそできるキス。

それから電車に乗って貴裕のマンションの部屋に着くまで、会話らしい会話がないのさえ、満ち足りて贅沢なような気がした。


「お風呂……、シャワーだけ浴び、……っ」

玄関から入るなり後ろから抱きしめると、晶真のうなじがすうっと赤く染まった。唇を押しつけると空気で冷えていたそこはひやりとして、けれどすぐにあたたかくなる。

「一回したら、一緒に浴びればいいよ」

「や、でも、汚いし……」

「汚くないよ。晶真、いいにおいがする。——待てないんだ。すごくほしい」

欲望で低く掠れた声を出しながら、晶真の耳の裏にキスすると、晶真は息をつめて抵抗するのをやめた。抱きしめた貴裕の腕の中で、震えるように小さく身じろぐ。

「こ、こでするの？」

貴裕がそうしたい、と言ったら、そのまま許してくれそうな声だった。下腹部を直撃するか細い声に目眩がして、貴裕は晶真の手をひっぱった。

ソファーベッドまで移動して、晶真の服を脱がせにかかる。赤くなった顔をうつむけながら、晶真はそれでも決意の窺える表情で、自分でカットソーを脱ぎ、ジーンズも貴裕に下ろされると蹴るようにして脱ぎ落とした。

薄暗いままの室内で、ぼんやり浮かび上がる上半身が綺麗だった。

くっきりわかる肋骨《ろっこつ》の下を撫でて、貴裕は膝の上に晶真を導いた。膝立ちで貴裕の太腿をまたぐようにした晶真の顔のほうが上に来て、見下ろされる角度で見つめあう。

「ねえ晶真。今日は、思いきりめろめろになってよ」

短いキスをしてそう囁くと、晶真は不満げに唇を曲げた。

「めろめろは、やだ」

「なんで？　一回思いきりめろめろになったら、怖くなくなるかもしれないよ」

「——俺、すごく臆病《おくびょう》なんだ」

ふ、と溜め息をついて、晶真は貴裕の服に触れた。Tシャツの裾をめくり上げられ、脱ぐのを手伝われながら視線で続きを促すと、横を向いて表情を隠してしまう。

「だってほんとに怖いんだよ。貴裕と、するのが嫌とかじゃなくて、今日は俺もできたらいいなって思って、頑張って来たけどさ——こうしてると、めちゃくちゃどきどきする」

貴裕は目の前の、晶真の胸に耳を押し当てた。どくどくと、くぐもって聞こえる心臓の音と、耳から直《じか》に伝わる体温で、貴裕の動悸《どうき》も激しくなる。

「ほんとだ……でも、俺もどきどきしてるよ」

「貴裕より、絶対俺のほうがどきどきしてるもん。このままえみたいに、なんにもわかんなくなるくらい、死んじゃいそうに気持ちよくなったら……こ、怖いじゃん」

そっと貴裕の頭を抱いてくれながら、晶真の声は不本意そうだった。貴裕は唇を鎖骨に当てて笑う。

「俺もめちゃくちゃ気持ちよかったし、お互い気持ちよかったら、一人じゃないから怖くないと思う」

ごく真面目に貴裕はそう言ったが、晶真は拗ねたように貴裕の顔を覗き込んで睨んでくる。

「そんなこと言って、このまえ一回俺のほうが多かったじゃん！」

「え？」

「貴裕なんか、余裕ぶった顔して『達っちゃったね』とか言って、……俺だけ、い、達くのすごい恥ずかしいのに！」

きゅ、と前髪をひっぱる仕草をぽかんと見つめてしまってから、貴裕は噴《ふ》き出しそうになって口元を押さえた。

笑っちゃだめだ。ああでも、どうして晶真はこんなに可愛くて——愛おしいのだろう。

「じゃ、こうしようよ晶真」

あまく湧き上がる喜びに押されるように、貴裕はもう一度晶真の頬に触れた。両手で、小さな顔を包み込む。

「毎回、同じ回数達くことにすればいいよね？」

「そうかなあ……根本的な解決になってない気がするんだけど」

「同じ回数達くことにして、たまには俺が先に達くのはどう？」

「──考えとく。でも今日は貴裕のほうが一回多くだからね」

じっと見つめながら言われて、貴裕は笑って頷いた。

「いいよ。一回多く、ね」

どうするつもりなのか。きっと我慢はできないと思うけど、と貴裕が考えるのを読んだように、晶真は真剣な表情で、貴裕の下肢に手を伸ばした。

「晶真──もしかして」

「じっとしてて」

貴裕の声を遮って、晶真は貴裕のウエストのボタンを外す。貴裕が自分で黒のチノを脱ぎ去ると、晶真は下着に手をかけてから逡巡した。

「貴裕……あの」

「無理ならいいよ」

晶真のものを口で導いたのはつい数時間前なのに、ひどく時間が経った気がした。晶真の気持ちは嬉しいが、嫌悪感や苦手意識のあることを、無理にしてもらおうとは思わない。

だが、晶真は首を横に振った。

「俺だってしたいよ。ただ、……下手、だと思うから、先に謝っておこうと思って」

「大丈夫だよ。晶真がちゅってしてくれたら、三秒くらいで達きそう」

「……嘘ばっかり」

くす、と笑みを漏らした晶真は、それで少しリラックスしたようだった。ぺたりと座り込んだ体勢のまま、上体を倒して貴裕の股間の上に顔を伏せる。

そっと下着をずらされて、わずかに硬くなりはじめた貴裕の分身がすくい上げられた。大切なものを扱う慎重な手つきで包み込まれ、やわらかい唇が先端に押しつけられる。

その唇が震えているのが伝わってきて、胸がつまった。緊張して、それでも尽くしてくれようとしてくれる気持ちに、苦しささえ覚える。

「ん……気持ちいいよ、晶真」

貴裕は晶真の頭を撫でた。

晶真が、好きになるのが怖い、と言った心境が、貴裕にも実感できる気がした。怖い、というのは、嘘じゃないんだろう。恋人同士で触れあって気持ちよくなるのはなにも怖くないと貴裕は思うけれど――今は、怖い気持ちも少しだけわかる。

「すごくいい、晶真……嬉しい」

囁いて髪を撫でて、でも自分の気持ちは恐怖よりも期待に似ている、と貴裕は思う。強くて揺るぎない、ずっと好きでいられるこの思いが、どこまで深く、大きくなるのか見てみたい。

明るい色の髪を何度も指で梳《す》くと、晶真は励まされたかのように口を開け、先のほうを迎え入れてくれた。

しっとり濡れた唇が下へすべり、あたたかい舌が幹の裏側を擦る。敏感さを増した貴裕の亀頭が上顎で擦れ、喉のほうまで含まれてたちまち猛《たけ》っていく。

「んむ……っ、ぅ……ん、く」

苦しそうにしながら、晶真は含みきれない根元を両手の指で愛撫した。じゅるっ、と啜る音に貴裕は目を細める。

ときどき角度を変えてくれるタイミングでわずかに見える、晶真の顔は真剣だった。目を閉じ、懸命に頭を動かして扱いてくれる姿に、直接的でない快楽が湧いてくる。

飲み込みきれない唾液で濡れた茂みを混ぜるように撫でて、絡めた指で裏筋を擦る晶真の動きは、確かにぎこちなかった。舌を動かすでもなく規則的に出し入れするやり方も、単純で技巧としてはつたないだろう。

でも、もの慣れない動作はそれだけで愛しい。

「すごく気持ちいい。もう出てるでしょ？」

ゆるゆると晶真の髪を撫でながら貴裕がうっとりと囁くと、晶真はちらりと見上げてかすかに頷いた。弾みでたらりと唾液がしたたり、慌てたように啜り上げられて、貴裕はぞくぞくと走る快感に溜め息をついた。

「無理して深くまで咥えなくていいよ。涎《よだれ》もそのままでいいから……先のほう、舐めて。さっき俺がしたみたいに」

「ん……っ」

晶真がほっとしたように一度顔を離し、息を整えて再び口づけてくる。ぬるりと雁首《かりくび》だけを含まれ、そろそろと舌で舐め擦られて、貴裕はむず痒《がゆ》いような快感を追いかけた。

可愛いご奉仕はいつまでも堪能《たんのう》していたいくらいだったが、あまり長いと晶真も苦しいだろうし、なにより晶真に触れられないのがもどかしい。

ぺろぺろと舐められるのにあわせて緩く腰を動かしながら、晶真の身体に手を這わせる感触を思い描く。肌の手触り、乳首の色、喘《あえ》ぎ声、口と同じく熱く、受け入れてくれる場所の狭さ。

「……もういいよ、口離して。出るから……っ」

ぬるっと先端が晶真の上顎で擦られて、射精欲が高まる。髪をかき混ぜてそう言うと、晶真はうう、と唸るような声をあげて、いっそう強く吸いついてきた。

「ちょっ……、出ちゃう、よ晶真、無理しないで」

「んん、んぅう」

もごもごとなにか言われ、手で導くように扱かれると堪えるのは難しかった。嬉しくないわけじゃないし、と言い訳しながら貴裕は放って、深く息をついた。

「すごい、よかった」

「……っ、」

晶真のほうは困った顔をしていて、貴裕は苦笑してティッシュを渡す。

「いいよ出して」

「………ごめん」

口を拭って気まずそうにする晶真がいじらしく思えて、貴裕はそっとその肩を押した。

「次は一緒だね。晶真にすごく気持ちよくしてもらったから、俺もいっぱいしたい」

囁いて耳元に口づけ、てのひらで丸く胸を撫で回す。普段は姿を隠している乳首の周りをくすぐるように指でいじると、晶真は震える声をあげた。

「ねっ……そこ、やだって言ってるだろ……」

「嘘、好きでしょ。勃ってきた……それに、下ももうがちがちだね」

膝で股間を押し上げて、貴裕はうっとりした。下着越しのじんわり熱い性器の硬さは、晶真が舐めているあいだに興奮していたことを教えてくれている。

幾度も耳や首筋にキスするごとに、てのひらに胸の震えが伝わってくる。どきどきと速い心音さえ愛しくて、すっかり顔を出した乳首をやんわりつまむと、晶真は跳ねるように仰《の》け反った。

「は、あっ……だ、だめっ……」

「気持ちいいのは、だめじゃないよ」

「……ん、無理、すぐ……すぐいっちゃうから……っ」

首を振って、晶真が見上げてくる。

「一緒に、いくって……言ったじゃん……っ」

荒い息の下で問われて、貴裕は仕方なく股間を押し上げるのをやめた。

かわりに、後ろに手を回す。手に収まる尻の丸みを、ぐいと両手で割りひらくと、晶真は大きく息を飲んだ。貴裕はすぼまりをくすぐるように撫でる。

「ほぐすあいだは、せめて我慢してね？　ここしかいじらないから」

「うんっ……、うん……」

恥じらいをにじませて、それでも晶真は脚をひらかせる貴裕の手に逆らわなかった。貴裕はよく見えるように膝を胸のほうまで折り曲げさせ、上を向いてひくつく孔《あな》にたっぷりと潤滑剤《じゅんかつざい》を垂らす。

「んっ……あ、……っ」

「冷たかった？　すぐあったためるね」

とろみのある液体が肌を伝い、ペニスの根元や蟻《あり》の門渡《とわた》りまで濡らす眺めが扇情的だった。慎ましく閉じた孔を二本の指で撫で、襞《ひだ》になじませるように揉みさすってから、貴裕は中に指を入れた。

「……ふっ……あ、……あ、」

「すぐ吸いついて可愛いよ、晶真のここ。……ずっと触りたかった」

指先に感じる体温だけで、喉が渇くほど欲望を覚える。

「したくて、しないと不安だったんだ。ごめんねわがままで」

「んんっ……いい、い、……から、あっ……」

あまやかな声と一緒に、蕾《つぼみ》はきゅっと貴裕の指を食いしめる。

締めつけてくる襞と内側の粘膜のやわらかさを、思う存分征服してしまいたい。誰も、なにも晶真に入り込めないように、中の奥深くまで、身体の全部を占領しておきたい。

はあっ、と熱い息を漏らして、貴裕はゆっくり指を埋めた。潤した孔はすぐにすっぽりと指を飲み込んで、内壁《ないへき》を押し広げるように指でぐるりと撫でると、晶真の腹がびくりと波打った。

「あっ……ん、貴裕っ……っ」

「すごい……晶真の、すごくいっぱい出てる」

撓《しな》った晶真のペニスの先からは、先走りが糸を引いていた。指を二本に増やすと玉のように膨らんでまた垂れていく様がいやらしい。

「よかった……晶真がいっぱい感じてくれて」

「やっ……ら、……い、達っちゃ……ッ」

晶真が切羽詰まった声をあげ、両手できつく自分の分身を握りしめた。

「たか、ひろ……出ちゃ、も……いきそ、うっ」

「まだ二本しか入れてないよ。このまま入れたら痛い思いさせちゃうから、そこぎゅって握っててよ
——兄ちゃん」

何度も首を振る晶真にそう言うと、晶真は悔しそうに唇を噛み、それでも言われたとおり根元を押さえつける。

「貴裕っ……は、早く、あの……」

「うん。早く、入れてほしいよね」

ひくついて吸いつくような晶真の内側を指で丹念に擦りながら、貴裕は蕩《とろ》けそうな気分で微笑んだ。言いにくそうにしながらでも、早く、と言ってもらえるなんて。

「でも、もうちょっと慣らさないと」

「ひゃっ……あ、ぅ……ッ」

指をゆっくりと出し入れしながら、曲げられた膝や臍《へそ》にキスを降らす。あまい汗のにおいを振りまいて上下する胸の上の乳首を下で転がすと、晶真の身体はひくひく揺れた。

「だっ……出ちゃ……あんま、あちこち……舐めな……ッ」

「我慢してってば。指、今増やすから」

潤滑剤をたっぷりと足し、ぬぷりと三本の指を入れると、晶真は苦しそうな顔をした。

「……ふっ……く、あ、ぁ……」

「ごめんね、痛い？」

「いた、くない……けどっ……あ、んんっ……へん、変な、感じが……っ」

「変？」

「あぁっ……そ、そこ、やッ……！」

一番感じる部分を押し上げると、晶真が身体を突っ張らせ、悲鳴めいた声をあげた。いや、と泣き声で言われて、それでももう一度そこを揉むと、晶真は涙を零しながら見上げてくる。

「やだっ……い、いっちゃ……や、入れ……入れて、ってば……っ」

今度こそはっきりとねだられて、達成感と愛しさが混じりあう。

「本当はもうちょっと慣らさないと無理だと思うけど——入れるね？」

不承不承《ふしょうぶしょう》、というふりをしてあてがった貴裕のものも、すっかり大きく張りつめていた。そこにも潤滑剤を惜しみなくまぶして、ぬるつく先端を押し込むと、きゅうっ、とすぼまりが締めつけてくる。

「あぁ……、あ、……ッ」

ずるりと一番太い部分を飲み込ませると、一際《ひときわ》大きく晶真の身体がくねり、勢いよく精液が飛び散った。

力なく両手を添えたまま射精するポーズは、まるで自慰《じい》を見ているかのようで、呆然とした表情が艶《なまめ》かしい。

「達っちゃったね、晶真」

「ごめ……っ、ふぁっ……あ、たかひ……、や、入って、」

「前回のことはもういいことにして、今日から数えれば、これでおあいこだよ」

上体を倒して囁きながら、貴裕がぐっと腰を押しつけた。きゅんと収縮していた肉洞は、それでもなめらかに雄を受け入れて、さざ波のように小刻みに動く。

「ひっ……ん、ぁ、あッ……、や、……あぁ……」

「次は一緒に達こうね」

絡みつく晶真の襞を性器に感じながら、貴裕はすっかり自分を収めてしまう。そうして浅い息を零す晶真の唇を、あまく噛んだ。

「晶真が達かないように動かないから、このままたくさん可愛がっていい？」

「む、むりだってば……っ、く、くるし……あっ」

「晶真の中気持ちいいから、こうしてたら俺のほうが先に達くかもしれないし、ね？　抜いたら、また擦れて晶真勃っちゃうよ？」

「あ、アっ……わ、わかった、から、ゆすんないでっ……」

貴裕がわずかに腰を引くと、惜しむように晶真の中が締まり、身体が震えた。涙ぐむ晶真の目元をそっと舌で拭って、貴裕は胸に手を這わせる。

「こうやって、晶真とぴったりくっついていられると、俺はすごく幸せ」

こめかみに、頬に、口づけを繰り返して微笑むと、晶真は困ったようにまばたきした。

「俺も好き……だけど、……でも、……ぁ」

「でも？」

「むっ……胸……や、困る……っ」

「どうして？」

指でまだ勃起している乳首を丁寧につまむと、ひくっ、と飲み込んだ場所が蠢《うごめ》く。晶真は震える手で貴裕の腕に縋《すが》りついた。

「い、いっぱいいじられる、と……っ次の日、とかも、シャツが……当たってるだけで、じんじんするから……っ」

「乳首、戻らなくなっちゃうの？」

「戻るけど……でも、じんじんする、っや、ぁっ……やだって……あ、んんっ」

少し強めにひっぱって捏《こ》ね回して、やわらかくて繊細《せんさい》な弾力を楽しむと、晶真はまたぽろりと涙を零した。貴裕は今までになくよく締まる襞に溜め息をつき、両手で乳首を弄《もてあそ》ぶ。

「俺、ここ好き」

「アッ……捏ねちゃやだ……っああっ……、は、……ぁッ」

「わかる？　入れたままいじると、晶真の中がひくひくひくっ、ってなるんだ。ほら……舐めてみよっか」

「や、……だめ……ッ、ふ、ぁあっ！」

ちゅっと吸った乳首は甘い味がした。ぷくんと膨れて自己主張するそれを舌先で何度も転がすと、くねる晶真の動きで下から腰が突き上げられ、動かなくても痺れるほど快感が走る。

「ん……すご、気持ちいいよ晶真」

「ああっ……は、あ……んっ、あ……っ、たかひろ、の……大き、くるし……っ」

「晶真のも、全然触ってないのにまた濡れちゃってるよ。晶真も悦《よろこ》んでくれるの、めちゃくちゃ嬉しい」

「やっあ……！　か、噛まな……ッ」

くん、と歯で挟み込んでひっぱる。上ずって余裕をなくした晶真の声がたまらなく心地よかった。

ちゅっ、ちゅっ、と今度は優しく吸いついて、もう片方の乳首も指で捏ねる。

「じんじんしちゃったらまた言ってよ。そしたらまた、こうやって吸えばいいでしょ？」

「よ、くな……っあ、はぁっ……あ、アッ……」

「晶真のおっぱいも俺にめろめろなんだなって思うと、すごく幸せ」

幸福感で満たされて最後にもう一度吸いついて離れると、濃い色に染まった乳首がいやらしく光った。その下のほうでは、一度も触れていない晶真の性器が、ふるふると揺れて反り返っていた。

「動くね。晶真のお腹につきそうだし、俺も我慢できない」

宣言し、ぎりぎりまで引き抜くと、晶真の性器からはどんどん汁が溢れてくる。糸を引いて腹を濡らす体液を見つめて、貴裕は唇を舐め、再び奥まで捻《ね》じ入れた。

「――ッ、あ、……ああっ……は、――ッ」

奥まで入れ、そこからさらに深くを求めるように穿《うが》つと、晶真は息を飲むようにして背を反らす。断続的に震える身体はしっとりと汗ばんで、腰を摑むと肌がてのひらに吸いつくようだった。

った。

奥が気持ちいい。晶真も奥が好きらしくて、こうやって突くと声も出せないまま震えるのが可愛かった。

陶然《とうぜん》と名前を呼んで、貴裕は揺するように腰を使って晶真を攻め立てた。

「晶真……」

「はぁっ……あ、たか……ろっ、そこ、……ひ……ッ、や……ッ」

「晶真、ぴくぴくしてる……好きだよ」

伸ばされた晶真の手を握りしめて、粘質な音を響かせて強く穿つ。揺さぶられてソファーベッドが軋み、高く晶真の声が跳ねた。

「やあっ……ああ、ら、め、い……ぃ、いっちゃ……う、」

「いいよ、達って。俺も出そう……このままでいい？」

蕩けそうに紅潮した晶真の表情が美しかった。孔から溢れてしたたる潤滑剤が、打ちつけるたびに飛び散った。

「晶真、大好き。——中に出したい。俺で、いっぱいにしたいよ」

掠れた声で懇願すると、晶真はぼうっとしたまま頷いた。

「うんっ……う、わかっ……わかった、から……っあ、あ、……ァあー……ッ」

強く突き上げた途端、晶真の身体が大きく痙攣《けいれん》した。

撓り、強張りながら断続的に震えるのにあわせて肉襞もうねって絡みつき、貴裕は強烈な快感に奥歯を噛みしめた。

「……う、……ッ」

「ぁ……あ、……あ……っ」

たっぷり噴き出す感覚がはっきりあって、痛いほどだった。晶真の身体はなおもびくついて、長引く快感に苦しそうに眉が寄せられている。けれど性器から白濁《はくだく》は溢れてはこず、ただ透明な雫がしたたって、それきりだった。

（嘘……すごい）

どうやら、射精せずに達してしまったらしい。

ほとんど感激して、貴裕は晶真の中で最後まで出しきった。

ひくっ、ともう一度締めつけてくる晶真に、もう一度このましたい欲求がこみ上げるのを我慢して、深く息を吐いて自身を引き抜く。

抜かれる感触にも震えて小さく喘ぐ晶真が、呆然とした表情で自分の下腹部を見下ろした。

「いま……お、れ……」

「うん。お尻だけで達っちゃったね。嬉しい」

貴裕はぴったり身体を重ねて晶真を抱きしめた。晶真は嫌がるように身じろぐ。

「うそ……信じらんない……どうしよう。へ、変だよね!?」

「変じゃないよ、晶真が俺を大好きなんだよ。だからちょっと落ち着いたらもう一回したい」

「えっ……む、無理」

「晶真はなにもしなくていいから。だってまだ一回しか入れてないし正常位だけだし、後ろからもしたいし、騎乗位もいいし」

口にするだけで貴裕は自分の中で強い欲望が高まっていくのを感じる。晶真のうなじを噛むように口づけると、晶真はびくりと身体を震わせた。

「貴裕、ちょっと変だぞ……そんな、急にやらしいこと言うなんて」

「急にじゃないよ」

強く肌を吸い、こんなところも晶真はおいしいなと思いながら、赤く痕《あと》の残った場所を舌でつつく。

「言わないと、伝わらないこともあるなと思って――ただ我慢するだけじゃなくて、みっともなくても、俺がどう考えてるか言ったら、晶真も不安じゃなくなるかと思ってさ」

「それは……そうかもしれないけど」

「俺はね晶真」

裸の胸を重ねあわせ、背中と腰をぎゅっと抱きしめて、脚を絡める。

「一晩ずーっと、晶真の中にいたいくらい、晶真が好きなんだ。だから次は、晶真も言ってね。気持ちいいときとか、達くときとかに、大好きって言って」

貴裕が素直に言うと、どうやら晶真は逆らえないらしかった。

萎《な》えきらずにまた力を持ちはじめた雄《おす》を擦りつけると、晶真はぱあっと赤くなって、晶真は貴裕の肩先に顔を埋めた。

「……馬鹿……もう……」

そう言いながら控えめに抱きつかれて、貴裕は微笑んで目を閉じた。


厚切りのパンにカフェオレ、それからたっぷりの卵にマッシュルームとトマトとチーズを入れたオムレツを前にして、晶真の顔は不機嫌そうだった。眉を寄せ、うすく頬を紅潮させて、唇はへの字に結ばれている。

「だから、ごめんてば」

噴き出しそうになりながら、貴裕はなんとか神妙な顔を作って謝った。

「結局、違った回数は一緒みたいなものだったじゃん」

「一緒じゃない！　それに……あんな、あんな恥ずかしい……っ」

いっそう顔を赤くして、晶真はぎゅっとフォークを握りしめた。律儀にいただきますとぶっきらぼうに呟いてオムレツを切り崩す仕草が可愛い。

「恥ずかしくても、俺はいいと思うけどな」

結局——明け方近くまで、貴裕は晶真を離さなかった。一月もおあずけを食らったのだし、その前だってずいぶん我慢したのだから、これでも譲歩したほうだと貴裕は思う。

晶真は出るものがなくなってしまったあとも二度ほど達した。貴裕のわがままを聞き入れて、好き、と言いながら絶頂を極める姿はいじらしくて、貴裕の最後の射精も脱力するほど気持ちよかった。

それに、たくさん出してしまったものを綺麗にかき出すのも、たまらなく楽しかった。

（俺、ああいうときは晶真が泣いてくれるの好きかも……）

聞かれたら怒られそうなことを考えつつ、貴裕はパンを口に運んだ。そんな貴裕を、晶真はじっとり睨む。

「そりゃ、貴裕のほうは恥ずかしくないだろうし、いいかもしれないけどさ！　俺ばっかり恥ずかしいよ、あの、終わったあととか……自分でするって言ったのに」

「晶真に後始末なんかさせたら俺が最低じゃん。それに、晶真がいっぱい達ってくれるのは、全然恥ずかしくないと思う」

オムレツは納得のいく味だった。次はハンバーグを焼けるようにしよう、と決める。同居するならしっかり晶真の仕事がサポートできるようにしないとね、と思いながら、貴裕は正面に座った晶真に笑いかけた。

「気持ちよくなっちゃうってことは、それだけ晶真が俺のことを好きだってことだと思う」

ほとんど詭弁《きべん》のようなセリフに、晶真はしばし黙り込み、それから感心したように頷いた。

「貴裕って、潔《いさぎよ》いよね。決断力あるし、俺が悩んでることにもすぱっと答えくれちゃうし」

呟いて、照れたように晶真は前髪をひっぱった。あんなことしても表情が隠れるわけじゃないのに、と貴裕は思うけれど、晶真はほっとしたようにオムレツを食べてから、にこっとした。

「すごく好きだからだ、って思ったら、ちょっと嬉しいかも」

「俺も、すっごく好きだよ」

「……朝からラブラブだね俺たち」

恥ずかしげに微笑み、晶真はカフェオレに手を伸ばした。マグカップに半分隠れる晶真の顔は幸せそうにきらめいていて、貴裕もふんわりあたたかい気持ちになる。

晶真は、もうさほど熱くはないだろうカフェオレをふうっと吹いて冷ます。その表情が少し緊張している、と貴裕が気づくのと、「あのさ」と晶真が口をひらくのは、ほぼ一緒だった。

「同居のこと——結局、返事してなかったよね」

「そうだね」

ちょうど、同居したら、と考えていたせいで、貴裕は思わず姿勢を正した。こういうとき——同じときに同じことを考えるようなときは、晶真と自分は少し似ているかもなと貴裕も思う。

「貴裕と一緒にいたいなって俺も思うけど」

視線を上げないまま、晶真は言葉を選んでいるようだった。

「昨日の夜はすごく恥ずかしかったけど——貴裕がいっぱい好きって言ってくれて、貴裕もそんなに余裕あるわけじゃないんだって、教えてくれたから、前ほど、怖くはないんだけど」

「――うん」

その先に続く言葉は予想できたが、それは思ったよりも寂しくはなかった。ちらりと貴裕を窺った晶真は、小さな声で続ける。

「同居するのは、先に延ばしたほうがいいと、思うんだ」

「同居しない、じゃなくて、先に延ばすの？」

「うん。昨日父さんたちと話をして、息子が二人に増えただけでも、って言われたときに、そうだよなあってしみじみ思ったんだ。孫の顔が見られないとか、普通の幸せもすごくいいものだとか、二人の言うことって、すごくもっともじゃん」

「……そうだね」

やっぱり、と思う。しばらく離れて過ごさなければならないことに、寂しさはゼロではなかったが、それよりも、しみじみとした晶真の表情が眩《まぶ》しく思えた。

「でも、おめでとうって、応援するよって言ってくれたわけだからさ。まだきっと寂しい気持ちもあると思うし……そこでいきなり、俺まで家を出たら、もっと寂しくさせちゃうなって」

丁寧な話し方だった。

普段のやや早いお喋りとは打ってかわったゆっくりしたリズム。大事なことのときは、晶真はいつもこういう話し方だなと思って、貴裕はもう一度頷いた。

「俺も、それがいいと思う」

晶真は照れたように笑ってみせて、小さく首を傾げる。

「貴裕が不満そうにしたら、説得しようと思ってたのに、けっこうあっさりだね」

「たぶん晶真はそう言うだろうなって思ってたから。晶真が父さんと母さんのこと、本当に大事にしてるのわかってるし」

「父さんと母さんのことだけじゃないよ」

晶真はゆったり首を振った。

「貴裕は、憎まれる覚悟はできてる、なんて昨日言ってたけどさ。貴裕がどれくらい両親のこと好きか、俺はよく知ってるもん。だから改めて——焦らなくてもいいっていうより、焦っちゃいけないんだなと思って」

マグカップに視線を落とす晶真の横顔は少し大人びて見えた。

「ほんとに心から、家族全員が——父さんも母さんも、貴裕も俺も、幸せだなって実感できてから、次のステップに移ってもいいと思うんだ」

「——そうだね」

昨日からどうしてこんなに胸が痛むんだろう。幸せなはずなのに、まるで悲しいときのように、気持ちが膨れ上がって内側から貴裕の胸を圧迫していた。

今なら、遠回りしただけに思えた苦しい時期にも、意味があったかもしれない、と思える。

たとえばこうやって、神聖にさえ思えるこの気持ちを、知ることができただけでも。

貴裕は晶真の手からマグカップを取り上げて、顔を近づけた。

キスされるとわかっているだろう晶真は逆らわず、待ち受けるように薄く唇をひらいていて、貴裕はそこに自分の唇を押しつける。

「……なんか、恥ずかしいね」

二度、三度と押しつけると、晶真がくすぐったそうに笑った。

「いちゃいちゃしてるみたいじゃない？　俺たち」

「いちゃいちゃしてるんだよ」

微笑《びしょう》を返して頬を撫で、指で晶真の唇を撫でると、晶真は小さく息をついて目を閉じた。

「頭がぼうっとする……ふわふわしてる」

「めろめろだね」

舞い上がりそうな嬉しさを隠してそう言うと、晶真はかるく頬を膨らませる。

「でももうおしまい。俺仕事に行かなくちゃ。貴裕も、大学行くだろ」

「……うん。行く」

もっと心ゆくまでいちゃいちゃできたらいいのに、と思いつつ、貴裕はしぶしぶ晶真から離れた。

晶真は残ったオムレツを食べながら、かわりってわけじゃないけど、と言って貴裕を上目遣いに見つめてくる。

「今日、マフラー貴裕がしていってよ」

「あれを？」

「うん。もう一つも急いで仕上げるから、そしたら今度、お揃いにして行こうよ。どこか、貴裕の行きたいところ」

「……晶真の行きたいところが、俺の行きたいところだよ」

決まり文句のように返しながら、性懲《しょうこ》りもなく熱くなる胸を持て余して、貴裕はカフェオレを飲み干した。

晶真は本当に、貴裕を喜ばせるのがうまい。

「じゃあ今日は、俺がしていく。ありがとう晶真」

「どういたしまして。っていうか、俺のほうがありがとうだよ」

くすくす笑って食べ終えた晶真が時計を見て慌てて腰を上げる。ばたばたと身支度して出かける晶真を玄関先まで見送った貴裕は、「じゃあ行ってくるね」と走っていく晶真のうなじに目を細めた。

無防備にさらされた首筋、耳の裏に近い場所には昨日貴裕がつけてしまったキスマークがくっきり浮かんでいた。たぶん、晶真は気づいていないのだろう。

次に根津の店に行ったら、根津にどんな嫌味を言われるのかなと思ったら、つい笑みが零れた。

ちょっと大人げなかったかなとは思うけれど、キスマークは貴裕の独占欲のしるしだ。

そうして、「お揃い」は晶真の独占欲のしるしだから、ちょうどいい。

好きな人に同じだけ求められるのは、こんなにも心地よい。

晶真が実家の鍵のついたキーホルダーを忘れていったことに気づいたのは、大学に行こうと支度しているときだった。昨日、服を脱いだときにポケットから落ちたらしく、床の上にあった。貴裕は晶真に「鍵を忘れていってるから、あとで店に届けるよ」と連絡を入れてから、約束どおりパステルカラーのマフラーを巻いて大学に向かった。

マフラーにはまだ早い季節だが、巻いても暑すぎることはなく、視線を落とすといかにも晶真らしい色彩が目に入るのは、予想以上にいい気分だった。

途中で鍵屋に寄って貴裕の部屋の鍵のコピーを作り、勝手に晶真のキーホルダーに追加してから到着した構内は、学祭を間近に控えているせいか、貴裕の心と同じように浮き足立っていて、どことなく落ち着きがない。講義を終えて食堂に向かうと、昼過ぎでも混雑していた。ざわざわと賑《にぎ》やかなあたりを見回して、貴裕は穏やかな気持ちといつにない高揚《こうよう》を感じていた。

なにかしなきゃ、と思う気持ち。なにかしたい、と思える昂《たかぶ》り。

のどかで自由な大学生活は気楽だけれど、気楽にのんびりする時間は貴裕にはないのだ。

(晶真について行くにしても、そうじゃないにしても、俺のほうがちゃんとしてないと)

晶真の仕事を事務的な面でサポートするために選んだ学部だが、とてもそれだけでは足りない。外国に行くと晶真が決めたときにも役に立ちたいし、なにより、晶真にも両親にも、貴裕と晶真がこうなってよかった、と思ってもらいたい。

オムライスを頼んで外の見える席に座って、これから必要になるだろういろいろな準備について考えはじめると、ほどなく、「ここいい？」と正面に人が立った。

見れば同じサークルの同期で、貴裕が頷くと彼はカレーの皿を置いて向かいに座った。

「学祭でサークルで出すのもカレーなのに、今日もカレー？」

「だってうまいじゃん」

巨大な皿いっぱいの大盛りカレーを勢いよく食べる彼と、来週の学祭のことやそのあとの打ち上げの話をとりとめもなくしていると、食べ終えたタイミングで彼が怪訝《けげん》そうな顔をした。

「弥坂、今日機嫌いい？」

「え？」

「いやなんか、いつもよりよく笑うなーと思って。おまえ普段あんまり表情ないから、珍しい」

指摘されて、貴裕は思わず頬を撫でた。……にやけていただろうか。

「……意識してなかったけど、まあ、機嫌は、悪くないよ。いつもも悪いわけじゃないけど」

「ええー、おまえ今年の春頃とかそこそこ怖かったぞ」

歯に衣着《きぬき》せぬ言い方をしてもあまり棘が感じられないのが、この友人のいいところだ。

「あんまり余裕がなさそうに見えたから、エリちゃんとかも心配してたんだぞ。いったん落ち着いたかなーと思ったら、最近またぴりぴりしてだろ？」

「それは——ごめん」

意外と、他人にも感情は伝わってしまうものなんだな、と貴裕は思う。

「もう大丈夫だよ。全然、ぴりぴりしてない自覚があるから」

「やっぱ彼女？」

「……え？」

意識して微笑んだ貴裕のほうに彼が身を乗り出してきて、貴裕は思わず顎を引いた。そんなことまでわかるのか、と思ったのが表情に出てしまったのか、彼はにやりと笑う。

「あー、やっぱなー。そうじゃないかなーって思ってたんだよなー。誰にアピールされても全然なびかないから校外に彼女がいるって噂《うわさ》だったけど、あれだ、今までは片思いとか、喧嘩してたとかだろ」

「なんでそう思うんだよ」

「だってさっき、俺が声かけるまえもにやけてたもん、弥坂」

「にやけてない」

「そんな清潔そうな顔しといて、どうせえろいことでも考えてたんだろ。羨ましいぞこのやろう」

「考えてたのは将来のことだよ」

自分だって彼女いるくせに、と貴裕は思いながら、オムライスの最後を片付けた。「将来役に立つ資格、なにがいいかって考えてたんだ」

「真面目だなあ。来年になったら嫌でも考えなきゃいけないのに今からって……まさか、今の彼女と結婚とか考えてるわけ？」

何気ないだろうその一言に、貴裕はつかのま動きをとめたあと、ゆっくり微笑んだ。

「それもいいかなって思ってる」

「——本気？」

気圧されたように、彼がたじろいだ。貴裕は頷く。

「もちろんだよ。だから、ずっと一緒にいるなら、甲斐性ないとだめだろう？」

「……すっごいラブラブなんだな」

「だって可愛いし——一生懸命だし、素敵なんだ」

「素敵って、すごい褒め方だなあ」

やや引きつった顔をした彼は、それから思い直したように苦笑した。

「でも真面目でラブラブなのって、弥坂っぽいと思うよ。ぴりぴりしてたときより、ずっとおまえらしいし、よかったじゃん。こんなにのろけられるとは思わなかったけど」

貴裕がどんな人間かを彼に語られるほど深いつきあいではないはずなのに、それでもそう言われると胸があたたまる気がして、貴裕は素直に「ありがとう」と言った。

どちらかといえば余裕がなくて、独りよがりで排他的だと自分では思うから、好意的に評価されるのはきっと晶真の影響だ。

また他愛ない話題に流れていくお喋りにつきあいながら、貴裕はふと、昨晩の晶真を思い出した。思いやりに満ちた、貴裕のみっともない本音にも微笑んでくれる表情。

剝《む》き出しの子供じみた感情や願いは、口にしないほうがいいと思っていた。でも、素直になってみれば、さほど親しくない友人にさえ祝福してもらえるなら、もう少し正直になってもいいのかもしれなかった。

晶真の言うとおりだ。

（話さなかったら、母さんや父さんに祝福されることもなかったわけだし）

たとえば三年後は二人でどうしていたいかとか、今週末をどう過ごしたいかとか、晶真にも、周りの人にも伝えたい。

誰にだって見せびらかしたい。

晶真は貴裕の大切な人だから——言葉でも態度でも、誰にも渡さないのだと意思表示しておきたい。兄としてでなく、ただ一人の愛する人として。

幸福感をひそかに噛みしめて食事を終え、友人と二人で食堂を出たところで、貴裕は目に入った光景に微笑んだ。大学の正門の方向から、晶真が駆け寄ってくる。

「貴裕ごめん。俺、鍵忘れたって」

「あとで届けたのに」

目の前まで来た晶真の腕が自然に貴裕のほうに伸びて触れ、貴裕もそっと二の腕に触れた。横で友人が「お久しぶりです」と挨拶してから、なにか察したのか、じゃあなと離れていく。またね、と声をかけた晶真が、照れたように貴裕を見上げてくる。

「あとで届けてもらうのでもよかったんだけどさ。今日も仕事でこっちまで来たから——それで貴裕のメール見たら、なんか、早く——」

寄り添うような距離でまばたいて、恥ずかしげに笑みのかたちを作る唇が言葉を紡ぐ。

「早く、会いたいなって思って……来ちゃった」

「すっごく嬉しいよ」

貴裕はやんわり笑みを返し、無防備な晶真の唇に、かすめるように口づけた。

あとがき

こんにちは、または初めまして。葵居《あおい》ゆゆです。リンクスさんでは五冊目、私にとっては八冊目の本です。お手に取っていただきありがとうございます！

毎回落ち着きのない作風なのですが、今回は血のつながらない兄弟ものになりました。家族ものが大好きなので、最終的には家族ものっぽくなったかなあと思います。執着系のむっつりな弟と、弟思いの可愛めなお兄ちゃんです。

前半の「あまい独り占め」は以前、雑誌『リンクス』に掲載されたものに加筆しております。今回書籍化するにあたって久しぶりに読み返したのですが、エッチシーンでまさかの陥没乳首だったので、パソコンの前で考える人みたいなポーズになりました。どうせ書くならもっとねちっこく書けよ！　と昔の自分につっこみを入れたい心境になり、今回そっと足しております、描写。

書き下ろしのほうにもいろいろ入れました。楽しかったです。

なにより書き下ろしでは貴裕《たかひろ》の中身をじっくり書けたのが嬉しかったです……むっつりが好きです。精いっぱい大人ぶろうとする背伸び年下も大好物です。前半部分は晶真《しょうま》(兄)視点だけだったので、読者の皆様にもあわせてにやにやしていただければ幸いです。

あとがき

楽しく書かせていただいたお話というだけでもハッピーですが、書籍化にあたっては陵《みささぎ》クミコ先生にイラストをお願いすることができました！　ずっと大好きな方だったので大変光栄です。キャラクターラフやカバーのラフをいくつもいただき、できることなら全部皆様にもお目にかけたいくらいでした。完成版のカバーも口絵も本文イラストも、語彙がないのが悲しいくらい素敵なので、きっとイラストに惹かれてお手に取ってくださった方も多いと思います。中身も楽しんでいただけていますように……。陵先生、ありがとうございました。

今回もお世話になった担当様、校正の方、そのほか本書にかかわってくださった方々にもこの場を借りてお礼申し上げます。

なによりも、ここまでお読みくださった皆様、ありがとうございます。少しでも楽しく読み終えていただけているといいのですが……ささやかなお礼として、ブログにておまけＳＳを公開いたしますので、よろしければ本書とあわせて読んでやってくださいませ。

http://aoiyuyu.jugem.jp/

また次の本でもお目にかかれれば幸いです。

二〇十五年一月　葵居ゆゆ

初出

あまい独り占め	「隣に、きみがいるなら」（小説リンクス２０１２年８月号掲載）を改題・加筆修正
ぜんぶ独り占め	書き下ろし

狼だけどいいですか？

おおかみだけどいいですか？

葵居ゆゆ
イラスト：青井 秋

本体価格855円+税

人間嫌いの人狼・アルフレッドは、とある町で七匹の犬と一緒に暮らす奈々斗と出会う。親を亡くした奈々斗は、貧しい暮らしにもかかわらず捨て犬を見ると放っておけないお人好しだった。行くあてがなかったアルフレッドは奈々斗に誘われ、しばらくの間一緒に住むことになるが、次第に元気に振る舞う彼が抱える寂しさに気づきはじめる。人間とはいつか別れが来ることを知りながら、奈々斗を放っておけない気持になったアルフレッドは…。

リンクスロマンス大好評発売中

囚われ王子は蜜夜に濡れる

とらわれおうじはみつやにぬれる

葵居ゆゆ
イラスト：Ciel

本体価格870円+税

中東の豊かな国――クルメキシアの王子であるユーリは、異母兄弟たちと異なる母譲りの金髪と銀色の目のせいで王宮内で疎まれながら育ってきた。そんなある日、唯一ユーリを可愛がってくれていた父王が病に倒れ長兄のアゼールが王位を継ぐと、ユーリは「貢ぎ物」として隣国へ行くことを命じられる。そのための準備として、アゼールの側近であるヴィルトに淫らな行為を教えられることになってしまったユーリ。無感情な態度で自分を弄んでくるヴィルトに激しい羞恥を覚えるものの、時折見せられる優しさに、次第に惹かれていくユーリは…。

この本を読んでの
ご意見・ご感想を
お寄せ下さい。

〒151-0051
東京都渋谷区千駄ヶ谷4-9-7
(株)幻冬舎コミックス　リンクス編集部
「葵《あお》居《い》ゆゆ先生」係／「陵《みささぎ》クミコ先生」係

リンクス ロマンス

あまい独り占め

2015年2月28日　第1刷発行

著者……………葵《あお》居《い》ゆゆ
発行人…………伊藤嘉彦
発行元…………株式会社　幻冬舎コミックス
〒151-0051　東京都渋谷区千駄ヶ谷4-9-7
TEL 03-5411-6431（編集）
発売元…………株式会社　幻冬舎
〒151-0051　東京都渋谷区千駄ヶ谷4-9-7
TEL 03-5411-6222（営業）
振替00120-8-767643
印刷・製本所…株式会社　光邦
検印廃止

ISBN978-4-344-83368-5 C0293
Printed in Japan

幻冬舎コミックスホームページ　http://www.gentosha-comics.net